THE GODDESS ORDERS TO KILL THE TSUNDERE WITCH

03

ミサキナギ

Illust 米白粕

ツンデレ魔女を殺せ、と女神は言った。

これからも一緒に……。

ツンデレ聖女・ステラの

ここが可愛い！

～コスプレ編～

ステラと過ごした
かけがえのない日々——

How cute Stella is!

幕間《まくあい》

「……以上が魔女ステラ出現の顛末《てんまつ》でございます、救世女様」

修道女の恰好《かっこう》をした女性たちが恭《うやうや》しく目を伏せる。

オラヴィナ王国の首都にある大教会、その応接室にて。一人の少女が賓客として迎え入れられていた。

客人用の黄金のイスにかけているのは、セーラー服を着た少女だ。

艶のあるストレートの黒髪。深窓の令嬢のように日焼けを知らない白い肌をしているが、ツンと吊《つ》り上《あ》がった眦《まなじり》と、ピン、と伸びた背筋が武人のような雰囲気を醸《かも》し出《だ》している。

慇懃《いんぎん》なまでに丁重に扱われ、少女はふん、と鼻を鳴らした。

「その『救世女』って呼び方、むず痒《がゆ》いからやめてほしいんだけど」

「いいえ、女神様がはるばる異郷の地から貴女様《あなたさま》を見つけて遣わされたのです。救世女様とお呼びしなくては」

にっこりと微笑《ほほえ》む修道女たち。

その微笑は女神とまったく同じものだ。

作られた感じがヒシヒシと伝わってきて、ムカムカする。

「それで、わたしはいつになったら魔女ステラをぶっ殺しに行けるわけ？」

黒曜石の瞳で少女は、立ったままの修道女たちを見渡した。

十代の少女にしてはあまりに鋭い眼光に、修道女たちがたじろぐ。

「……物事には順序があるのです、救世女様」

先頭にいる年配の修道女、大司教と呼ばれている人物が答えた。

「魔女とはいえ、処刑を行うには裁判をする必要がございます。これから我々は魔女ステラを収監しているアントーサ聖女学園に赴きます。そこで裁判を開く予定です」

「女神サマが殺せと言ったのに、裁判を開く必要が？」

「もちろんでございます。裁判を行わずに死刑を執行はできません。それに、今回の魔女出現は女神様が直々に降臨されて宣言なされたもの。千年ぶりの魔女ということもあって、人々の関心は高く――」

チッ、と少女が舌打ちをして、大司教の説明が止まる。

少女の顔色を窺《うかが》う修道女たち。少女はそれに気付き、ぞんざいに手を振って先を促した。

「ご安心ください、救世女様。魔女が裁判で死刑を免《まぬが》れることは万が一にもありません。魔女ステラの死刑判決が出た後すぐに、救世女様には魔女を殺していただきます。それまでご辛抱いただければ、と」

「魔女ステラを殺せるなら文句ないわよ。下がりなさい」

修道女たちは一礼した後、ぞろぞろと部屋を出て行く。

一人になった少女は黄金のイスから立ち上がった。

窓を開けると埃《ほこり》っぽい風が舞い込んできて、少女の長い黒髪とセーラー服のスカーフをはためかせる。

目の前の街はレンガ造りの家が並んでいた。強い陽射《ひざ》しを反射する石畳の道には馬車が行き交い、杖《つえ》や剣を持ってローブを纏《まと》った人々が溢《あふ》れている。遠くにはヨーロッパ風の大きな城が見えていて、空には杖《つえ》に跨《またが》った人たちがたくさん浮いていた。どうやら皆、城を目指して飛んでいるらしい。

現実離れした景色に、少女の顔はぴくぴくと引きつる。

「これが異世界転生ってやつ……？　ありえないんだけど。なんでわたしが転生しなくちゃいけないのよ」

憤然と窓を閉めた少女は竹刀を手に取る。

それは唯一、元の世界から持って来れたもので、彼女の心の拠《よ》り所《どころ》だ。物心ついたときから振っていた竹刀は、彼女の手によく馴染《なじ》む。

「さっさと魔女を殺して元の世界に帰るんだから。待ってなさいよ、キモオタ」

一章　推しを助けるのに理由はいらないだろ、と俺は言った。

どうしてこんなことになってしまったんだろう。

鉄格子《てつごうし》に囲まれた独房で、体育座りをしたステラは幾度目かの自問を繰り返した。

ここはアントーサ聖女学園の地下だ。学園の地下に牢獄《ろうごく》があるだなんてステラはこれまで知らなかった。

黴臭《かびくさ》く澱《よど》んだ空気。辺りはひんやりしていて、外界の音や光は一切届かない。鉄格子《てつごうし》の向こうに吊《つ》るされたランプが不明瞭な光を放ち、少女の銀髪を淡く照らしている。

チュチュッ、とネズミの鳴く声がしてステラは飛び上がった。

「っ――！」

悲鳴を上げるステラ。しかしそれは荒い息にしかならない。

今、ステラには鉄の口枷《くちかせ》と手枷《てかせ》が付けられていた。

罪人には通常、手枷《てかせ》が嵌《は》められる。けれど、魔法の使用者を拘束するには手枷《てかせ》だけでは不十分だ。

世界を捻《ね》じ曲《ま》げて、文明すら滅ぼすことができる魔法の使い手にとって、手枷《てかせ》を破壊するのは造作もない。

ただ、いくら魔法でも無詠唱で発動することはない。詠唱をさせないのが魔法を防ぐ唯一の方法であり、そのための手段が口枷《くちかせ》なのだ。

ネズミが走り去ったのを見て、再びステラは腰を下ろす。

ふと通路を隔てた真向かいの独房を見ると、赤髪の少女クインザが膝に顔を埋めていた。名門貴族である彼女もステラと同様に口枷《くちかせ》と手枷《てかせ》が嵌《は》められている。まるで石になったみたいにクインザは蹲《うずくま》ったまま微動だにしない。いつもは派手に巻かれている髪もヘタって、地面に垂れていた。

アントーサ聖女学園の一大行事、聖法《せいほう》競技会でクインザとステラは魔法を使った、らしい。試合中、ステラたちに追い詰められたクインザが魔法薬を飲んで暴走したのだ。異形になったクインザはフィーナを捕らえ、先生や保護者たちまで攻撃しようとした。

それを止めるためにステラは力を使ったのだ。

(わたしは悪いことしてない、はずなのに……)

魔法。呪われた力。悪《あ》しき禁忌の技。世界を捻《ね》じ曲《ま》げるもの。

語られる魔法はすべて「悪」だ。

聖典に出てくる魔女も、残虐非道で世界に破滅をもたらす存在として描かれる。魔法や魔女が「善」の立場で出てくる本は存在しない。

それ故、自分が皆を救うために使った力が魔法だとステラはにわかには信じられないのだ。

（女神様……）

手枷《てかせ》を嵌《は》められた手を組んで祈る。

だがすぐに、ステラの脳裏には校庭で見た女神様の姿が浮かんだ。

『──さあ、〈束縛〉の魔女ステラを殺すのです』

っ、とステラは息を詰める。

組んだ手を解《ほど》いた。女神様に祈っても無駄なのだ。ステラを魔女と断罪したのは、他ならぬ女神様なのだから──。

「──っ……」

オタク。

声にならない声で彼を呼んだ。

国軍の兵士に枷《かせ》を嵌《は》められた際に杖《つえ》は奪われている。いつもステラに寄り添ってくれる彼はここにいない。

自分が魔女と知って、彼はどう思っただろうか。

彼は別の世界から来たから、もしかしたら自分が魔女でも受け入れてくれるかもしれない。

「つんでれ」なら関係ないとか言って。

でも、ルームメートのフィーナは？　仲間になってくれたアンリは？　他の生徒や先生たちは？

魔女を受け入れてくれるはずがない。

確かめるまでもなく、わかる。魔女を許すのは女神様に背くのと同じだ。そんな恐ろしいこと、できるはずがない。

ステラは膝を抱えて目蓋《まぶた》を閉じた。

牢獄《ろうごく》の冷たい闇を肌で感じる。

——またわたしは独りぼっちだ。


カツ、カツ、と靴音が近付いてくる。

それを捉え、ステラは顔を上げた。

通路の奥からやって来たのは、タイトなドレスに身を包んだ妖艶《ようえん》な女性、メルヴィア先生だった。アントーサの教頭先生でもあり、ステラたち二年生の学年主任も務めている。

聖法《せいほう》で光球を杖《つえ》の先に灯《とも》し、先生は独房にそれぞれ入っている少女たちを認める。それから先生はステラとクインザの前に一つずつお椀《わん》を置いた。

「食事ですわ。規則により口枷《くちかせ》を外すことはできませんが、それなら食べられるでしょう」

メルヴィア先生は腕を組み、鉄格子《てつごうし》の向こうで佇《たたず》んでいる。二人が食事する様を見守るのだろう。

ステラはお椀《わん》に近付いた。

微《かす》かに牛乳の香りがする。手枷《てかせ》で不自由な手でお椀《わん》を持つと、それはまだ温かかった。

ミルク粥《がゆ》をさらに薄めたもののようだ。お椀《わん》に口を付けて、口枷《くちかせ》の隙間からそれを流し込む。

……とても薄いし、素朴な味付けだ。こんな薄いお粥《かゆ》を食べたのは孤児院にいたとき以来だ、とステラがしみじみ思っていると、
カン、とお椀《わん》を床に叩《たた》きつける音が向かいからした。

クインザである。彼女は質素なお粥《かゆ》が不満だったのか、ほとんど飲んでいない。クインザは鉄格子《てつごうし》を摑《つか》むと、先生に向かって何かを訴えるようにうーうー唸《うな》り始める。

獣じみた様子の少女に、メルヴィア先生は眉をひそめた。

「言いたいことがあるなら、これに書きなさい」

先生がクインザに与えたのは、小さな黒板とチョークだ。

それを手にするなり、クインザは書き始める。

『わたくしは魔法なんか使ってない。この扱いは不当だわ！』

てっきりお粥《かゆ》に文句を付けるのかと思いきや、クインザはまだ自分が魔法を使ったのを認めていないらしい。

『早くわたくしを牢《ろう》から解放なさい。わたくしは誇り高きフランツベルなのよ！』

文章を書いた黒板を先生に見せ、高慢そうに顎を持ち上げるクインザ。

メルヴィア先生が力なく首を振った。

「クインザさん、貴女《あなた》を牢獄《ろうごく》から出すことはできませんわ。聖法《せいほう》競技会で貴女《あなた》は杖《つえ》を折られたにもかかわらず、貴女《あなた》の火は消えなかった。それは貴女《あなた》が魔法を使った証左ですわ」

『だからそれは女神様の御力で』

「めったなことを言うものではありませんわ！」

先生の一喝が牢《ろう》に反響する。

クインザもステラも思わず、動きを止めていた。

メルヴィア先生は二人を仇敵《きゅうてき》みたいに睨《にら》み据える。

「名門アントーサから魔法を使った生徒が二人も出る……このことがいかにアントーサの歴史に瑕《きず》を付けるかわからないのですか⁉　自らの行いを悔いずに女神様へ責任転嫁《てんか》するとは、不敬極まりない。これ以上アントーサを穢《けが》す真似《まね》は許しませんわ！」

メルヴィア先生が伝統や権威を重んじるのは最初からわかっていた。受け持っている二年生から魔法の使用者が出て、彼女も面目を失《な》くしているのだろう。ヒステリックに怒鳴られたところで何も驚くことじゃない。

「魔法の使用者に慈悲など与えられるべくもありませんが、申し開きしたいのであれば、裁判で言うことですわ」

裁判？

ステラもクインザもよくわからない顔だ。

「貴女《あなた》たちは明日、裁判にかけられる予定ですわ。魔女を裁くために首都には救世女様が降臨なされたとか。審判を執り行う救世女様たちは、既にこちらへ向かっていると聞きましたわ」

ガタン、とクインザが黒板を落とした。

彼女は顔面蒼白《そうはく》になって震えている。

『嘘《うそ》だわ！　救世女様って、教会がわたくしたちを裁くってこと？』

「魔法は女神様が禁じるものですわ。教義に反した貴女《あなた》たちを裁くのは教会であるべきでしょう」

『教会が裁いたら死刑って決まってるじゃない！』

クインザが青ざめた理由がステラにもわかった。

メルヴィア先生は冷たく二人を見る。

「何を世迷い事を言っているのです？　魔法を使って死刑にならないはずがありませんわ」

っ、とクインザが息を呑《の》んだ。

先生はステラの前にも黒板とチョークを置く。

「貴女《あなた》も何か言い遺《のこ》したいことがあれば書きなさい。おぞましい魔女とはいえ、遺言を遺《のこ》す権利は認められていますわ」

さっきから先生はステラと目を合わせようとしない。

魔女。

先生すらステラに底知れぬ恐怖を抱いているのだ。

まっさらな黒板を見つめる。

誰に、何を――？

迷ったのは一瞬、ステラはチョークを握っていた。

『わたしの杖《つえ》はどこにあるの？』

先生が怪訝《けげん》そうになる。

「貴女《あなた》が杖《つえ》を手にすることは二度とありませんわ。それに、魔女である貴女《あなた》に杖《つえ》はいらないのでは？」

ステラはそれでも黒板を掲げ続ける。

『わたしの杖《つえ》はどこにあるの？』

「……貴女《あなた》の杖《つえ》は確か、学園の貸出品でしたわね。おそらく貸出品の倉庫にしまわれていることでしょう」

それを聞いて、ステラはほっと胸を撫《な》で下《お》ろした。

処分されていないならよかった。

もし魔女が使った杖《つえ》として彼が燃やされるようなことがあったら、ステラも平静ではいられなかっただろう。

ガンガンと向かいで音がする。クインザが黒板を鉄格子《てつごうし》にぶつけているのだ。

『お父様に連絡を取って！　お父様なら教会にも顔が利《き》くはずだわ』

「その件ですが、クインザさん。フランツベル公爵から伝言がありますわ」

一呼吸置いた先生は、重々しく言い放つ。

「チューナー男爵家と話は付けてある。今後はクインザ・チューナーと名乗るように、とのことですわ」

は？　と言いたげにクインザの表情が凍りつく。

「養子縁組したのでしょう。フランツベル家を邪《よこしま》な血統にするわけにはいかない、とフランツベル公爵は考えられたのですわ。聞けば、チューナー男爵家は跡取りがおらず、当主もご高齢だとか。邪《よこしま》な血統の汚名を負っても支障がないと――」

ガタガタンッ、と激しい音が先生の台詞《せりふ》を遮った。

黒板を投げつけたクインザは顔を真っ赤にしている。怒気を全身から発した少女は衝動のままに、うーっ、うーっ、と叫んでいる。

この件を伝えればクインザがどういう反応をするか、メルヴィア先生も予想がついていたのだろう。だから、この重要な伝言を最後に回したのだ。

先生は「それでは」と冷淡に言い残し、ステラたちに背を向けた。

名門フランツベル家ではなくなったクインザ。元から平民のステラ。どちらもメルヴィア先生が慈悲をかける理由はない。

メルヴィア先生の聖法《せいほう》の光が遠ざかっていく。

クインザもステラもそれを見送ることしかできなかった。

メルヴィア先生がいなくなって、クインザの唸《うな》り声は洟《はな》をすする音に変わった。俯《うつむ》いていて顔は見えないが、すすり泣いているらしい。

クインザは何より自分の家名を誇ってきた。二言目には「わたくしはフランツベルなのよ！」と高らかに言うのが定番だった。

その彼女が「フランツベル」を失った痛みは、ステラでも容易に想像がつく。そっとしておこう、と思った矢先。

カンカン、と向かいから音がした。

見れば、クインザがステラに向けて黒板を掲げている。

『あなたのせいよ！　全部あなたのせいなんだから！』

ステラは眉を寄せた。

何が自分のせいなのか。

不可思議そうなステラに、涙目のクインザはますます苛立《いらだ》ちを強くする。

『あなたが身分を弁《わきま》えないからこんなことになったのよ！』

書き殴られた文字。

無視しようかと思ったが、手持ち無沙汰なのも事実だった。ステラは自分の黒板を手元に引き寄せる。

『身分を弁《わきま》えないって何？』

『なんでそんなこともわからないのよ、平民風情《ふぜい》が！』

そう言われてもわからないものはわからないのだ。ステラの表情を読み取ったのか、クインザが新たに文字を黒板に書きつける。

『平民なら聖法《せいほう》競技会という大舞台での選考テストで一番は取らないのよ。わたくしに遠慮してね！』

ええ、とステラは引いた。

『あんた、それ自分で言ってて恥ずかしくないの？』

『どこが恥ずかしいのかしら』

『平民に遠慮させるって、実力では勝てないって言ってるようなものじゃない』

『何を言っているの？　下々の者に遠慮させるのも実力のうちじゃない。結果的に勝つのが実力なのよ！』

とんでもない暴論にステラは呆気《あっけ》に取《と》られる。

が、クインザは大真面目だ。

『わたくしが火の一族の生まれであること。わたくしの杖《つえ》に火の大精霊が宿っていること。どれもわたくしの実力よ。フランツベル家のわたくしに、普通の平民は挑まないのよ』

名門貴族。大精霊。——それを聞いただけで、平民の生徒は身を引いてしまうものなのかもしれない。ステラも自分の夢がなければ、名門貴族であるクインザとは張り合わなかっただろう。

『それなのに、あなたはいつもいつもわたくしの邪魔をして。選考テストで選手になった時点で、平民のあなたは辞退するべきだったんだわ』

クインザは顎を持ち上げてこっちを見てくる。

話にならないとステラは首を振った。

『せっかく摑《つか》んだ選手枠よ。辞退するわけないでしょ』

『見に来る保護者もいないくせに、聖法《せいほう》競技会に出場してどうするつもりだったのかしら？』

さすがにこれはステラもカッとなった。

『わたしは、〈女神の杖《オプテイ・バクルス》〉の推薦がほしくて聖法《せいほう》競技会に出たの！　保護者がいないとか関係ない！』

黒板がよく見えるよう、クインザに突きつける。

ふん、とクインザが嘲笑するように鼻を鳴らした。

『バーカ』

黒板に大きく書きつけた文字をクインザは見せてくる。

ステラはムカっとした。悪口を書き返す。

『あんたこそ超絶バカ』

『孤児院育ちの無一文』

『ワガママ放題で性格悪すぎ』

『みすぼらしい容姿で見てるこっちが恥ずかしいわ』

『自分一人で手入れできない髪型とかどうかと思うけど？』

『最底辺の精霊しか宿せない無能』

くっとステラのチョークを持つ手に力がこもった。

ステラの手が一瞬止まった隙に、クインザが次の言葉を書いてくる。

『下手くそな字なんだから早く書きなさいよ』

『うるさい！　貴族と違って幼少期から字を練習してないんだからしかたない――』

クインザへの罵倒が頭の中を駆け巡る。ステラがそれを書ききる前に、クインザは流麗な字で言葉をかぶせてくる。

『平民が〈女神の杖《オプティ・バクルス》〉に入ってどうするのよ？　誇る家名もなければ、参加する社交界もないくせに！』

『国中の魔獣を殺すのよ』

なんとか端的に書いてステラは黒板を掲げた。

瞬間、地下牢《ろう》の時が止まったような気がした。

クインザの書く手が静止している。

ステラは好機を逃さず、自分の手を動かした。

『〈女神の杖《オプテイ・バクルス》〉は最強の聖女部隊でしょ。きっと魔獣を世界からなくすことができるはずだわ』

そう思って、これまでステラは努力してきた。

クインザに引け目を感じることはないと確信している。

二人の口枷《くちかせ》から洩《も》れた息だけが地下牢《ろう》に響いていた。しばしして、クインザが文字を書く。

『それ、真面目に言ってるの？』

気のせいだろうか。クインザの手が微《かす》かに震えているように見える。

『〈女神の杖《オプテイ・バクルス》〉の肩書がただ欲しいんじゃなくて、本当にそんな途方もない目的で〈女神の杖《オプテイ・バクルス》〉を目指しているって言うの？』

黒板に書かれた問いに、ステラはたじろぎつつも頷《うなず》く。

「――」

クインザは沈黙していた。鉄格子《てつごうし》を隔てた先から、彼女の真摯な瞳がステラを見つめてくる。

初めて彼女と対等に向かい合った気がした。

やがてクインザは手元に目を落とし、黒板を書く。

『そんな理由で〈女神の杖《オプテイ・バクルス》〉を目指す人、見たことないわ』

ステラはきょとんとした。

なら、他の人はどんな理由で〈女神の杖《オプテイ・バクルス》〉を志望するのか。

『〈女神の杖《オプテイ・バクルス》〉も聖法《せいほう》競技会もそう。皆、家の名誉のために目指すのよ。社交界で自慢したいから目指しているだけ。そこに入れば優秀な聖女である証明になるから、その肩書を手にすることで家の格が上がるから。〈女神の杖《オプテイ・バクルス》〉で具体的にやりたいことがある人なんて』

そこでクインザは書く手を止めた。

恥じ入るように深く俯《うつむ》き、彼女は黒板にぽつぽつと文字を綴《つづ》る。

『あなたみたいな人が〈女神の杖《オプテイ・バクルス》〉に入るべきなのかも』

（っ！）

クインザらしくない言葉に、思わずステラは胸中で息を呑《の》む。

しかし書いてすぐ、黒板を掲げることなくクインザはその文章を消してしまった。代わりに別の文章を書いてこっちに見せる。

『あなたが正真正銘の真面目バカだとわかったわ』

そこに嘲りや蔑みはない。

クインザなりの敬意が感じられる。

『今まで意地悪して悪かったわね。そこまでバカだなんて知らなかったんだもの。何ならこれからは手を組んであげてもよくってよ』

澄ました顔を横向け、クインザは黒板を見せてくる。照れくさそうな様子だ。

ステラもなんだか気恥ずかしくて、地下牢《ろう》に目を走らせた。

『これからもアントーサにいられたらだけど』

『なんでいられないのよ』

クインザはカツカツと音を鳴らして書く。

『わたくしは魔法を使っていないわ。わたくしは女神様から御力を授かったんだもの。それが魔法なわけないわ』

自らの潔白を疑わないクインザを羨ましく思った。

ステラにはできない。他でもない女神様に「魔女」と告げられたステラには――。

俯《うつむ》くステラの向かいで、カンカンと黒板を鉄格子《てつごうし》に打ちつける音がした。顔を上げると、クインザが黒板を掲げている。

『あなたもよ！　聖法《せいほう》競技会でわたくしと互角に戦ったんだから、あなたも魔法じゃなくて聖《せい》法《ほう》を使っていたのよ。そうに違いないわ！』

ステラは聖法《せいほう》競技会の結末を思い出す。

『互角？　わたしとあんたって互角だったっけ？』

『互角に決まってるでしょう。わたくしが負けるなんてありえないわ！』

負けず嫌いは相変わらずだ。クインザらしい。

憤然とクインザは黒板を書く。

『大体、あなたが魔女なんて馬鹿げた話だわ。こんな恐ろしくない魔女がいるわけないじゃない。少し考えればわかることなのに先生まであなたを魔女扱いして、メルヴィア先生の見識を疑うわ。今度、学園長先生に直訴しないといけないわね』

クインザの勢いに圧された。

呆《ほう》けていると、クインザはこっちを睨《にら》みつけてくる。

『ステラ、辛気臭い顔はやめなさいよね。あなたが魔女じゃないのは、意地悪をしてきたわたくしがよーく知っているわ。わたくしがあなたの無罪を証言してあげるわよ』

ああ、とステラは涙ぐみそうになって顔を下向けた。

（まさかクインザに励まされるなんて……）

赤髪の貴族令嬢はいつも通り、高慢な態度で接してくる。ステラを魔女と恐れることはない。

そのことが今のステラにとっては何よりも救いで。

『うん』

ここにいるのが彼女でよかったと思ってしまった。

＊＊＊

「聞いた？　昨日、救世女様が首都に降臨されたんですって」

「救世女様が現れるのって五百年ぶりなんでしょ。歴史的なことだわ」

「それを言うなら魔女が現れるのもよ。まさか後輩に魔女がいただなんて——」

「しっ、魔女の話はやめて。呪われるわよ。それより救世女様の話をしましょう」

ガタガタと荷車が揺れる音に混じって、女子生徒たちの会話が聞こえてくる。

賑《にぎ》やかな会話をＢＧＭに、俺は荷車の中で横たわっていた。ちなみに荷車の中身は野菜や果物の皮、動物の骨に残飯などである。俺は生ゴミに混じって運ばれていた。

（超絶臭いんだが！　生ゴミのベッドとかマジ勘弁……うわああ、デッカい蠅《はえ》が！　あっち行けよ……！）

俺の顔の前を蠅《はえ》がブンブン飛んでいる。しかし杖《つえ》の俺はそれを手で振り払うこともできない。止まられたら、止まられっぱなしだ。

昨日、開催された聖法《せいほう》競技会。そこでステラは女神により魔女の烙印《らくいん》を押された。女神が消えた後、ステラはすぐさま国軍に包囲され、捕らえられたのだ。

その際、俺はステラから引き離され、貸出品の倉庫に戻されるはずが、

「あら？　この杖《つえ》、継ぎ目があるわ。一度折れた杖《つえ》なんて縁起が悪いわね。捨てましょう」

こうして名も知らぬ先生によってゴミ箱に捨てられ、今に至る。

ガタン、と荷車が停《と》まった。

アントーサの敷地《しきち》内でも端のほうだ。校舎や寮の建物が遠くに見える。

「あーあ、ゴミ捨ての罰則《ペナルティ》なんて最悪だわ」

「急いで終わらせましょう」

女子たちのダルそうな声がして、彼女たちは何やら準備をしている。

やがて詠唱が聞こえた。

「《風よ、在れ《ウエナリア・ザイン》》！」

途端に荷車から一枚のジャガイモの皮が浮く。風でゴミを浮かして運んでいるのだ。

どこに運ぶんだ？　と皮の行方を目で追い、俺は驚愕《きょうがく》する。

そこには轟々《ごうごう》と燃える大きなカマドがあって、浮いたゴミはそこへ一直線に放り込まれていくのだ。

生徒たちは風の聖法《せいほう》を使って荷車からどんどんゴミをなくしていく。

（おい、嘘《うそ》だろ!?　これ、俺も燃やされるパターンじゃ――）

思っている間に俺を風が包んだ。

「待った！　燃やさないでくれ！　俺は……！」

何と言ったら彼女たちを止められるかわからないが、とにかくカマドに放り込まれるのを阻止しなくては。マジで死ぬ！

懸命に声を張り上げたが、彼女たちの反応は芳《かんば》しくなかった。

「……ねえ、なんか声がしない？　男の声」

「ヤダっ、怖いこと言わないでよ。ゴミが燃える音じゃないの？」

「だったらいいけど。ほら、また聞こえたわ。『燃やすな！』って」

「ヤバいヤバい、カマドから声がしてる⁉　呪われてるわ！」

ゴミが臭いため、彼女たちは荷車から離れたところで聖法《せいほう》を使っているのだ。加えてゴミが燃える音で俺の声は不明瞭になっているらしい。なんてこった。

「うおおおやめてくれええええっ！　この杖《つえ》は生きてるんだぞおおっ！」

ジタバタ動いて抵抗したいが、杖《つえ》である以上身動き一つできない。

カマドの火はもう目前だ。

俺が覚悟を決めたとき、

「鉄壁です、《土よ、在れ《テラリア・ザイン》》！」

よく知った詠唱が聞こえた。

カマドの前に鉄の壁が現れ、俺はそれにぶつかって地面に落ちる。

（フィーナ！　それにアンリまで！）

二人の少女が俺の元に駆けてくる。

一人はすこぶる発育のよい少女フィーナ・セルディアだ。肩で切《き》り揃《そろ》えた髪、おっとりとした顔立ちの天然な少女で、土の聖法《せいほう》を得意としている。

もう一人はアンリエッタ・ラズワルド。モデル体型のすらっとした青髪の少女だ。無口無表情で典型的なクーデレだが、元水の一族でとても頼りになる。

駆けつけた二人は、地面に転がる俺を覗《のぞ》き込んだ。

「オタク様、ですか……？」と、フィーナ。

「クソザコなら返事して」と、アンリ。

「助かったぞ、二人とも……！」

俺はこそっと返した。人間だったら彼女たちに泣いて縋《すが》りつくところだ。本当にもうダメかと思った。

「どうして俺がここにいるってわかったんだ？」

「貸出品の倉庫の中にいなかったから」

「倉庫に戻されていないなら捨てられたに違いないってアンリさんが言ってですね、校内中のゴミ箱を巡ったのです。そしたらゴミはもう集められたと聞いて――」

「ちょっと、何してんのよ。ゴミ捨ての邪魔しないでくれる？」

「ゴミを漁《あさ》るつもり？　怪しいわね」

感動の再会の最中なのだが、俺を燃やそうとした生徒たちが声をかけてきた。見た感じ、フィーナたちより上級生っぽい。

フィーナがあわあわと応じる。

「す、すみません！　杖《つえ》を間違えて捨ててしまったみたいで、探してたらこんなとこにありました」

「杖《つえ》を間違えて捨てた⁉」

「そんなことあるわけないでしょ⁉」

「あはは、ですよねー……」

フィーナの目が泳ぐ。嘘《うそ》が下手くそだ……。

「この杖《つえ》が間違ってゴミに紛れたのは事実」

アンリが一歩前へ出て言った。

途端に上級生たちの顔色が変わる。

「あの子……もしかして邪《よこしま》な血統の……⁉」

「ラズワルドだわ！　同級生を刺して留年した危険人物……！」

上級生たちは恐怖で腰が引けていた。危険人物という噂《うわさ》は物凄《ものすご》く誤解なのだが、アンリがそれを否定しないため、ほとんどの生徒が彼女を恐れている。

アンリは無表情のまま小さく息をつく。クール美少女にとっては何気ない動作でも、噂《うわさ》を信じている上級生たちをビビらせるのには十分だったようだ。

彼女たちがあからさまにビクつく。

「私たちは杖《つえ》を拾いに来ただけ。それ以外の用はない」

「というわけです。それでは、あたしたちは失礼しますね」

さっと俺を拾ったフィーナ。二人は駆け足でその場を去っていく。

上級生たちが追いかけてくることはなかった。


フィーナとアンリに助け出され、俺は無事に寮へ向かっていた。

「いやあ、マジで危機一髪だったわ。生きたまま火炙《ひあぶ》りになるかと――」

「そんなことよりクソザコ、褒めて」

「!?」

アンリの唐突な要求に、俺の頭は疑問符でいっぱいになる。フィーナを見ると、彼女も何故《なぜ》か同意するように頷《うなず》いていた。意味がわからない。

口ごもっていると、アンリはじっと見てくる。

「早く」

「ため息だけで上級生を怖《お》じ気付《けづ》かせるとか、クール美少女の極みだな。誤解されやすいとこも含めて俺はいいと思うぞ」

「ん……」

アンリが照れて、彼女の氷でできた髪飾りが溶けた。

そのまま彼女は俺に杖《つえ》を向ける。

「《水よ、在れ《アクアリア・ザイン》》」

ブシャー、と杖《つえ》の先から水が噴射し、俺に直撃した。

「ぶわっ……な、何をするんだ、アンリ……？」

「クソザコ、臭い」

「はい、今すぐ投げ捨てたくなるくらい臭いです、オタク様」

「そんなに⁉」

生ゴミに埋まっていたのだから無理もない。

アンリの水を浴びることしばし、ようやく俺の臭いは取れたようだ。次にアンリは風の聖法《せいほう》を唱える。ドライヤーみたいに風を出して俺を乾かしてくれる。

「あー、美少女にシャワーをかけてもらって、身体《からだ》まで乾かしてもらえるなんて、杖《つえ》の特権だなあ」

フィーナとアンリにお世話されている俺は思わずボヤく。

いつもならここにステラもいた。そもそも俺はステラの杖《つえ》であり、俺を探したり洗ったりするのは基本的にステラだった。

それなのに、この場に彼女がいないということは——

「フィーナ、アンリ。教えてくれ。ステラはどこに行ったんだ?」

二人の表情が目に見えて曇った。

「……ステラさんは、アントーサの地下牢獄《ろうごく》にいます」

「地下牢獄《ろうごく》? アントーサは全寮制の学園だろ。なんで牢獄《ろうごく》があるんだ?」

「アントーサ聖女学園の前身は、かつて魔女を収容していたアントーサ永久監獄」

「マジでか⁉」

驚いた俺に、アンリは無表情で頷《うなず》く。

「学園の地下に魔女が捕らわれていただと……?」

「もう千年近く前の話。永久監獄から聖女学園に建て替えられたときに、地下牢獄《ろうごく》は封鎖された。だけど、牢獄《ろうごく》自体は残ってる」

「今回、ステラさんとクインザ様はそこに入れられたみたいです。かつて魔女がいた牢獄《ろうごく》に入れられるなんて、あたしだったら恐怖で失神してしまいそうです……」

フィーナはぎゅっと俺を握って身を竦《すく》める。

「それで、ステラは……」

この後どうなるのか。

俺の疑問を察したアンリが口を開く。

「明日には教会の審問官がやってきて、裁判が開かれる。死刑が言い渡され、その日に火刑になる」

覚悟してはいたが、こうはっきり言われるとショックだ。

さらにアンリは付け加える。

「父のときはそうだった」

俺もフィーナも言葉はない。

他人事《ひとごと》のように流してアンリは続ける。

「おそらくステラを裁くのは、先日現れた救世女様」

「救世女……？」

「女神様のご加護を得た女性のことですよ。世界が危機に陥ると、女神様が救世主様か救世女様を遣わされるんです」

（女神側の人間ってことか……）

俺も以前、女神に「魔女を殺せば救世主にする」と言われたことがある。女神は今度はその救世女にステラ殺害を命じているのだ。

「……二人とも、ここから一番近い女神像はどこだ？」

俺の質問にフィーナとアンリは顔を見合わせる。

「ここからだと礼拝堂でしょうか……？」

「そこに俺を連れてってくれ」

「何をするの、クソザコ？」

「もしかして、ステラさんの無罪祈願でしょうか？」

二人はすぐさま礼拝堂に向かってくれる。

俺は礼拝堂の高い塔を睨《にら》みつけた。

「――いいや、宣戦布告だ」


礼拝堂では生徒たちがちらほらいて、皆が祈りを捧《ささ》げていた。

俺はこそっと囁《ささや》く。

「今日は普段と違って生徒がいるな……」

「それは……魔女が現れたことで、皆が不安に思っているんです……」

「昨日の聖法《せいほう》競技会は私たちの試合で中止になった。生徒が二人も魔法を使い、牢《ろう》に入っている。これはアントーサの歴史に残る大事件」

大変なことになったな、と改めて思い知らされる。

二人はそっと女神像に近付いた。

「いいか、俺は女神に集中して語りかけるから、俺が反応しなくなっても焦《あせ》らないでくれ」

いつものように前置きしてから、俺は女神像に立てかけてもらう。

聖法《せいほう》競技会の直前では、俺は神座に行けないようになっていた。今回はどうなのか——。

すぐに視界がぐにゃり、と歪《ゆが》んだ。

どうやら出禁は解除されたらしい。

気が付けば、俺は神座に立っていた。

壁一面モニターがある、近未来的な空間。いつ見ても圧巻な場所だ。学ラン姿の俺がいるのは場違いに思えてくる。

だけど、この空間に気圧《けお》されている場合ではない。

「——ようこそ、異世界の人間よ」

艶《つや》めいた声が響いた。

奥の階段から燦然《さんぜん》と輝くローブを纏《まと》った女神が現れる。

その顔には勝ち誇ったような笑みが浮かんでいた。

「女神、てめえ……！」

思わず拳をぐっと握る。じゃら、と俺の手首で黒い鎖が鳴った。

「ふふっ、どうしたのです？　妾《わらわ》は今とても気分がよいので、神に対し暴言を吐いたことは不問にしてあげますよ」

「俺を騙《だま》しやがったな！」

咆《ほ》えた声が神座に反響する。

慈愛の仮面を外している女神は、ニィと唇の端を吊《つ》り上《あ》げる。

「騙《だま》す？　何のことでしょう？」

「シラを切るな！　ステラはもう殺さないと言ったじゃないか！」

「しかたないではありませんか。あのように大胆に魔法を使われては」

女神はモニターの群れを見上げる。

「魔法を使った者は死刑。人々の法ではそう定められています。魔法を大勢の人の前で披露してしまった以上、妾《わらわ》が庇《かば》うのは不可能です。魔女ステラは死から逃れられないのですよ」

「おまえがそうなるよう仕向けたんだろうが……！」

「他人のせいにするのですか？」

哀れむような問いかけ。

言葉に詰まった俺を女神は嘲笑《あざわら》う。

「あのとき魔女ステラの傍《そば》にいたのは誰です？　貴方《あなた》が彼女の魔法を止められていれば、このような結末にはならなかったのでは？」

ギリ、と歯《は》嚙《が》みした。

（クソ……！　クソだ、クソ！）

　フィーナが人質になっていた以上、ステラが引く選択肢はなかった。相手のクインザは魔法を使っていて、ステラが魔法を使わずに対抗するのは不可能だった。

　俺がステラを止めることはできなかった……はずだ。

「……だからって、このシナリオを描いたおまえに言われる筋合いはないぞ」

　俺の反駁《はんばく》を女神は鼻で笑った。

「妾《わらわ》は神！　妾《わらわ》は魔女ステラに最高の舞台を用意しただけです。シナリオを紡《つむ》いだのは貴方《あなた》がた人間なのですよ」

　女神は杖《つえ》を振るう。

　杖《つえ》の先から眩《まばゆ》い光が現れ、女神の姿を隠した。

「そして妾《わらわ》は、最後にもう一つ、愉《たの》しい趣向を用意しました」

(愉《たの》しい趣向、だと……？)

　腹黒女神が嬉々《きき》として言う趣向なんかロクでもないものに決まっている。

　眩《まぶ》しすぎて目を閉じた俺の耳元で女神が囁《ささや》いた。

「――今度こそ魔女ステラは死にます。貴方《あなた》には絶対に止められません」

「何だと……⁉」

　女神の声が聞こえてきたほうに手を伸ばしたが、手は空を切る。

「貴方《あなた》は何もできず、魔女ステラの死を見届けるのです！」

哄笑《こうしょう》が聞こえた。

ふざけるな、と言おうとしたとき、俺の平衡感覚がなくなる。

神座から俺は落とされ、気付けば礼拝堂に戻ってきていた。
＊＊＊

「さて、ここで俺は自分の決意を表明しておこうと思う」

俺たちは礼拝堂を出て、寮に帰った。

一日ぶりの自室——正確にはステラとフィーナの部屋で俺は少女二人に告げる。

俺は杖立《つえ》ての中、フィーナは自分のイス、アンリは空いているイスにかけている。

「決意、ですか？」

「ああ。——俺はステラを救い出す」

室内に微妙な空気が漂った。

フィーナは浮かない顔になり、アンリは無表情で黙りこくっている。

無理もない。俺だって手も足もない一本の杖《つえ》がそんなことを言い出したら、「何言ってんだ、こいつ」と思う。現実をよく見ろ、と。

だが、これは現実がどうとか関係ない。

推しのツンデレ少女が絶体絶命のピンチなのだ。

オタクのすべてを捧《ささ》げてでもステラを救わなければならない。そのために俺はここに存在している。そうであるはずだ！

フィーナが弱々しく問う。

「救うって、その、どうやってですか……？」

「それはまだ決めてない」

「裁判の結果は変わらない。魔法を使った者は死刑」

「だったら、ひとまず裁判を受けないことだな。ステラ本人がいなければ裁判もできないし、死刑も執行できないだろ」

「脱獄させるってこと？」

「その通りだ」

アンリが顎に手を当てている。その手があったか、という顔だ。

「だ、脱獄って、そんなに簡単にいくものですか……？」

「簡単じゃない。でも、死刑を覆《くつがえ》すより望みはある」

アンリのお墨付きがあると心強い。

「そこでだ。単刀直入に言うが、俺は二人がステラの救出に協力してくれるかどうかを訊《き》きたい」

フィーナが息を呑《の》み、アンリが瞬《まばた》きを返す。

「さっき二人は俺を助けてくれたよな。でも、ステラの救出はそれとはわけが違う。燃やされるはずだった杖《つえ》を拾ったところで罪にはならないが、魔女の脱獄を手助けしたら確実に罪に問われるだろう」

「そんな……オタク様までステラさんを魔女と呼ぶのですか⁉　あたしはステラさんは魔女じゃないって信じてます！」

「フィーナ、ステラを信じてくれてありがとう。だけどな、ステラは間違いなく魔女なんだ」

希望を打ち砕かれたみたいにフィーナの表情が固まった。

俺は聖法《せいほう》競技会で見たステラ――漆黒の鎖を頭に戴《いただ》いた少女を思い出す。

「魔法を使うのが魔女なんだろ。あのときステラは聖法《せいほう》じゃない力を使った。すぐ傍《そば》で見ていたからわかる。ステラのあの鎖は聖法《せいほう》なんて生温《なまぬる》いもんじゃない。あれは圧倒的で、強制的で、もっと超常的なものだ」

俺の魂を杖《つえ》に縛り付け、人々から聖法《せいほう》を奪う。

こんなことができるのは、いくら奇蹟《きせき》が溢《あふ》れている世界でもステラの魔法だけなのだ。

だからこそ、女神も血眼になってステラを殺そうとしている。

「嘘《うそ》、です……ステラさんが魔女だなんて……」

フィーナは放心したようにイスに身体《からだ》を預けていた。

その横でアンリが訊《き》いてくる。

「どうしてクソザコはステラが魔女とわかってるのに、助けようとするの？」

「推しを助けるのに理由はいらないだろ」

俺は至極当然のように即答した。

「推しが死ぬのをオタクが黙って見てるわけがないじゃないか。たとえ推しが世界を滅ぼす魔王でも、全人類を抹殺する殺人鬼でも、血も涙もない極悪人だとしても、オタクなら推しを生かそうとするだろ？　世界と推しだったら天秤《てんびん》にかけるまでもなく、推しを選ぶよな？　それがオタクってもんじゃないか？」

「「……」」

フィーナが青ざめてドン引いている。

アンリは無表情で、何を思っているのかわからない。

室内の空気が寒すぎて、俺は取り繕うように言った。

「まあ、今のは極端な喩《たと》えだ。この世界で魔女は悪者らしいが、俺はステラが悪い魔女とは思っていない」

はっとアンリの表情が変わった気がした。

「俺は二人に甘えたらいけないと思っている。ステラの救出にはこの世界全体を敵に回すリスクが付《つ》き纏《まと》う。二人が平穏にアントーサを卒業したいなら、俺に手を貸すべきではない」

「ですが、もしあたしたちが協力しなかった場合、オタク様はどうするのですか⁉　オタク様は喋《しゃべ》ることしかできないのに……！」

「そうだな、そのときは俺を寮の食堂にでも置きざりにしてくれ。俺のトーク力で生徒や先生たちに話しかけて、なんとか足掻《あが》いてみるよ」

フィーナと友達になるときも、アンリを仲間にするときも、そうやってきたはずだ。実績がないわけじゃない。

「二人とも、よく考えて決断してくれ。二人が協力しないと言っても、俺は絶対にキミたちを恨んだりしない」

「私はクソザコに協力する」

あっさりアンリが結論を出し、俺もフィーナも驚いた。

「いいのか、アンリ⁉」

「クソザコが嫌じゃなければ」

「嫌なわけないだろ。アンリが協力してくれるとメチャクチャ助かる。ステラ救出がかなり現実的になってきた！」

「ん……」

アンリが微《かす》かな声を出して、髪飾りの氷が溶け始める。

ボタボタとアンリが水たまりを作る横で、フィーナは身体《からだ》を硬くして俯《うつむ》いていた。膝の上で握られた拳は白くなって震えている。

心の中でゆっくり三つ数えてから俺は言った。

「フィーナはどうする？」

「……あの、オタク様……あたし……」

顔を上げないフィーナ。

室内の時間が止まったみたいに重苦しい間が訪れ、やがて彼女は俯《うつむ》いたまま答えを出した。

「……ごめんなさい、です」

「気にしなくていい、断られるのは想定内だった」と俺は萎縮するフィーナに言って、アンリとともに部屋を出た。

気遣いでも何でもなく、二人とも協力してくれないという最悪のシナリオも俺は覚悟していたのだ。アンリが協力してくれただけで十分、幸先《さいさき》がいい。

「フィーナが協力しなかったのは当然のこと」

寮の廊下を歩きながら、アンリはボソッと囁《ささや》いてきた。彼女に抱えられている俺は、無表情の横顔を見上げる。

「彼女の家は爵位を持っている。魔女の手助けをしたら、爵位の剝奪、領地の没収は免《まぬが》れない」

「なるほどな。フィーナが罪に問われたら、家の爵位がなくなるかもしれないのか」

そういえば以前、フィーナは聖女になって家族や領民を守りたいと言っていた。危ない橋を渡って、本当に守りたいものを失うわけにはいかない、と彼女は判断したのだ。賢明だと思う。

「アンリは迷わず協力するって言ってくれたよな」

「私に守るべき名誉はない」

「そうかもしれないが、でも、俺に協力してさらに罪を背負う必要はないよな？　なんで協力してくれるんだ？」

陽《ひ》が落ちたばかりの廊下は多くの生徒たちが行き交っているが、皆がアンリを避けて歩いていく。

感情の見えない瞳に長い睫毛《まつげ》の影を落とし、アンリは口を開いた。

「数年前、オラヴィナ国内で大規模な干ばつが起きた。だけど、ラズワルド領内で水が不足することはなかった。私の父の聖法《せいほう》で水がまかなえていたから。水を求めて、ラズワルドの領内には近隣の地域からたくさんの人が押し寄せた。次第に父の聖法《せいほう》だけでは水が足りなくなった。人々に水を乞われ、父はついに涸《か》れない井戸を作った。魔法を使って」

こんなときもアンリの口調には抑揚がない。

「魔法の井戸を作った父は皆に感謝された。水は人々に行き渡り、水不足の苦しみはなくなった。井戸ができて皆、幸せになったはずだった」

「はずだったってことは……」

アンリは小さく頷《うなず》く。

「しばらくして、あの井戸はおかしいと父は教会に捕まった。ラズワルドの水を妬んだ諸侯たちが通報したらしい。父が処刑されたことで魔法の井戸は消えてしまった。領内の人々は、よりひどい水不足に苦しむようになった」

「誰も救われない話だな……」

ぽつりと俺は零《こぼ》した。

井戸を黙認していたら全員が幸せだったのに、嫉妬した人間のせいですべてが不幸になってしまった。この話の教訓は、嫉妬はいけないということだ。

「魔法は悪だと人は言う。では、私の父が井戸を作ったのは悪だったのか。魔法の井戸を作らず、人々が渇きに苦しむのを眺めていればよかったのか。……私はそうは思わない」

真《ま》っ直《す》ぐ前を向いたアンリの頭では、今日も氷の花が揺れている。

「私は父を尊敬している。罪人として処刑されたが、不名誉と思ったことは一度もない。父の行いの正しさを私は信じている」

「俺も同意見だ」

ほっとアンリが小さく息を洩《も》らした。

「……クソザコならわかってくれると思った。だから協力する」

心なしかアンリの頰が赤い。

アンリの台詞《せりふ》から読み解けるのは、この世界の人たちは皆、アンリの考えに同意できないということだ。

水不足を解消するために魔法で井戸を作ったアンリの父。

暴走するクインザを抑えるために魔法を使ったステラ。

どちらも人を助けるために魔法という手段を行使した。そこに悪意がないのは明らかなのに、アンリの父は処刑され、ステラも処刑されそうになっている。

(この世界の法でステラを裁かせたらダメなんだ。「善」だろうが「悪」だろうが関係なく、魔法を使ったステラは死刑になってしまう)

「クソザコ、これからどうする?」

歩きながらアンリは俺に口を寄せる。

「ステラを脱獄させるなら、今晩中」

「その件なんだが、アンリは地下牢獄《ろうごく》の入り口がどこにあるか知っているのか?」

「校舎一階の使われていない非常ドア。そこが入り口。今は国軍の兵士たちが守ってる」

「そうか……現場を少し下見したいんだが、できるか?」

コクリ、と頷《うなず》いたアンリは歩調を速める。

今夜は長い夜になりそうだな、と俺は思った。

夕食後、ステラを脱獄させるため、俺とアンリは再び校舎へ向かった。

下校時間はとうに過ぎているので、校舎付近に先生や生徒の姿はない。昇降口に立っているのは甲冑《かっちゅう》を着た兵士たちだけだ。

木陰でそれを確認したアンリは、静かに問う。

「クソザコ、作戦に変更はない？」

「ああ。……アンリこそ心構えはいいか？」

決行して、もし国軍に捕まれば、アンリも罪に問われてしまう。

俺を持つ手の温度が上がっていて、彼女が緊張しているのがわかった。

「クソザコと一緒だから大丈夫」

「俺もアンリがいるから心強いぞ」

「ん……」

ポタポタと髪飾りが溶けて、地面に黒い染《し》みができる。

アンリは一つ呼吸すると、ポケットから小瓶を取り出した。中には、口にしたらお腹《なか》を壊しそうな色の液体が入っている。

それを一気に飲み干し、アンリは唱えた。

「女神の恩恵は我にあり。《水よ、在れ》《アクアリア・ザイン》《火よ、在れ》《イグナリア・ザイン》《光よ、在れ》《ルクサリア・ザイン》」

ぱあっ、と少女の身体《からだ》が光に包まれる。

光が収まったとき、そこにはタイトなドレスを着た大人の女性――メルヴィア先生が立っていた。アンリが聖法薬《せいほう》でメルヴィア先生に変身したのだ。

「よし、ばっちりだ！」

俺は心の中でガッツポーズを決める。

地下牢獄《ろうごく》の下見に行ったとき、メルヴィア先生が兵士たちに顔パスで牢《ろう》に入っていくのを見たのだ。

俺たちの作戦はこうだ。

まずアンリがメルヴィア先生に成りすまして地下牢獄《ろうごく》に入る。中でステラにも聖法薬《せいほう》を飲ませて小動物に変身させる。メルヴィア先生に変身したアンリが何食わぬ顔でその小動物を隠し持って出れば、脱獄成功だ。あとはステラが夜の闇に紛れてアントーサを脱出し、どこか遠くへ逃げればいい。

メルヴィア先生になったアンリは木陰から出る。

カツカツとヒールの音を響かせ、兵士の居並ぶ昇降口を捉えたとき、

「こんな時間に校舎へ行くなんて、どうしたんですか、アンリエッタさん？」

「⁉」

ドレスの裾を翻《ひるがえ》して、アンリは振り向く。

いつの間にかエイルーナ先生がローブを引きずってやって来ていた。さっきまで辺りには誰もいなかったはずだ。いつの間に現れたのか。

いや、それより――

（なんでアンリだってバレてるんだ……⁉）

俺が見る限り、今のアンリはどこからどう見てもメルヴィア先生だ。

容貌やスタイルはもちろんのこと、服装や杖《つえ》の形状まで再現されている。見破られるはずがないのに。

アンリもそう思ったのか、言葉を返す。

「あらーエイルーナ先生、何を言っているのかよくわかりませんわ」

（⁉）

今度は俺が衝撃を受けた。

メルヴィア先生の口調を真似《まね》したんだろうが、とんでもない棒読みだ。あまりに下手くそすぎる。しかしこれでこそ無口無表情クーデレだ！

エイルーナ先生は苦笑していた。

「アンリエッタさん、さすがに無理があると思いませんか？」

「……」

アンリが今どう思っているかわからないが、彼女は無表情で口を噤《つぐ》んだままだ。

もう認めてもいいと思うぞ、と俺はこそっと囁《ささや》いた。

アンリは変身を解く。

「どうして私だとわかったのですか？」

青髪の少女は身長の低い先生を見下ろし、訊《き》いた。どこか不満そうな響きすら感じられる。

エイルーナ先生はふふっ、と笑った。

「一番は表情ですかねえ。アンリエッタさんの表情は特徴がありますから」

（返す言葉もない……）

「あとは歩き方や仕草など、細かい動作です。アンリエッタさんがメルヴィア先生に変身するには、大分演技力が足りませんね」

チッチッ、と先生は指を振っている。

「まったく、あんな棒読みで兵士たちを騙《だま》せると思ったのですか？　いくらメルヴィア先生と一言二言しか話したことがない兵士でも、さすがにヘンだと気付きますよ」

（――――！）

兵士を騙《だま》す、と言ったか。

変身を見破られただけでなく、俺たちの目標まで把握されているとは。

アンリもそれを悟り、鋭い目付きになる。彼女の周囲に白い冷気が漂った。

「……アンリ、逃げよう」

俺は声を潜めて囁《ささや》く。

アンリは小さく頷《うなず》き、杖《つえ》を構えた。ステラを助ける前にアンリが拘束されては意味がない。

臨戦態勢のアンリを前にしても、エイルーナ先生は杖《つえ》を取らなかった。くつくつと肩を揺らして笑っている。

「おやおや、空気が変わりましたねえ。誤解がないよう言っておきましょう。先生はアンリエッタさんを国軍に突き出す気はありませんよ」

アンリの眉が微《かす》かに寄った。

「先生はアンリエッタさんの変身術の粗さを指摘してあげただけです。このままあなたが事に及んでも成功しないのを見越して、親切にも事前に教えてあげたのですよ。その意味がわかりますか？」

トンガリ帽の下でエイルーナ先生は笑みを深める。

（つまり、エイルーナ先生は「味方」ってことか……？）

もしアンリが牢《ろう》へ行くのを阻止したければ、ここで変身術を指摘する必要はない。あとでこっそり兵士たちに告げればいいだけだ。

「何のために？」

アンリが警戒を解かずに訊《き》く。

「どうして私の目論見《もくろみ》を知りながら、見過ごすの?」

「アンリエッタさんを国軍に突き出しても、先生にメリットはありませんからねえ」

「私を見過ごしてもメリットはないはず」

「そうとも限りませんよ? アンリエッタさんならステラさんを牢《ろう》から助け出してくれるかもしれません、アハッ」

エイルーナ先生はのらりくらりとして掴《つか》みどころがない。

アンリはポーカーフェイスのまま言った。

「魔女が助かるのを先生は望んでいる、と?」

「ステラさんは魔女である以前に生徒です。せっかく一年間指導した優秀な生徒を失いたくない。そう考える先生がいてもおかしくないでしょう?」

「――」

アンリが沈黙した。

(エイルーナ先生の真意はわからないが、俺たちの妨害をする気はないらしい。なら、放っておいても大丈夫か)

アンリも俺と同じ結論に至ったのか、「……わかりました」と告げて踵《きびす》を返《かえ》す。寮の部屋に戻るのだ。メルヴィア先生に変身して牢《ろう》に侵入する作戦が頓挫した以上、出直すしかない。

「ああ、そうだ。いいことを教えてあげましょう」

アンリの背中にエイルーナ先生の声がかかる。

昇降口に居並ぶ兵士たちを瞳に映し、先生は愉《たの》しげに笑っていた。

「警備の兵士たちは日付が変わる頃に引き揚げるそうですよ、アハッ」


そんなバカな。

すごすごと寮に戻ったアンリと俺は、作戦を練り直した。

エイルーナ先生の情報――警備の兵士たちが真夜中に引き揚げるとは、にわかには信じられない。アンリがメルヴィア先生に成りすませるよう散々練習してたら、ちょうど夜中になっていた。

時計塔の鐘が鳴るのを聞きながら俺たちは再び校舎へ向かう。

昇降口を捉えたとき、アンリがはっと息を呑《の》んだ。俺もギョっとする。

校舎を守っていた兵士たちが全員、倒れていた。

「マジかよ……」

俺が呟《つぶや》くと同時に、アンリが兵士の一人に駆け寄る。

甲冑《かっちゅう》を着た兵士の頭は黒焦げになっていた。

「う……」

凄惨な光景にアンリが呻《うめ》く。彼女はすぐさま他の兵士も確認した。皆、頭だけが燃えていて、息のある兵士はいなかった。

焦げ臭さが辺りに漂っている中、アンリは呆然《ぼうぜん》と言う。

「みんな死んでる」

「みたいだな……」

これは一体、どういうことなのか。

俺たちより早く、ここに来て国軍の兵士たちを倒していった奴《やつ》がいる。これだけの兵士を倒すとは、相当な強さだ。

そこまで考え、俺ははっとした。

「ステラは無事なのか⁉」

ここの兵士を倒したということは、狙いは牢《ろう》にいるステラかクインザだろう。

この世界の人間は魔女を恐れている。魔女を独断で殺そうという輩《やから》がいてもおかしくはない。

アンリもそれを悟り、すぐに昇降口へ駆け出す。

真夜中の校舎に飛び込むと、そこにも倒れている甲冑《かっちゅう》があった。頭の焦げた死体は不気味で、嫌な想像を掻《か》き立《た》てられる。

(頼む、ステラ。無事でいてくれ……!)

アンリは甲冑《かっちゅう》が転がる廊下を駆け、遺骸に囲まれた非常口のドアに辿《たど》り着《つ》いた。地下牢獄《ろうごく》の入り口だ。

一思いにアンリはドアを開ける。

中には暗闇に支配された階段が続いていた。

「行くよ」

「ああ」

地下牢獄《ろうごく》に入ってから焦げ臭さはなくなり、代わりに黴臭《かびくさ》さが気になった。

視界はアンリの灯《とも》した聖法《せいほう》の光だけが頼りで、何とも心許《こころもと》ない。暗闇から何かが襲ってこないか不安になる。

階段が終わり、アンリは光を前方へ向けた。

そのとき、キラっと銀色が光る。

「ステラ！」

俺は叫んだ。

鉄格子《てつごうし》の向こうに、蹲《うずくま》った銀髪の少女がいる。

「ステラ、無事か⁉」

声をかけると、少女はゆっくりと顔を上げた。

こっちを捉えたマリンブルーの瞳。だが、その口には仰々しい枷《かせ》が嵌《は》められていて、俺は心臓を鷲掴《わしづか》みにされた気がした。

アンリがそれを見て言う。

「詠唱封じの口枷《くちかせ》。魔法を使った者に対する措置」

「あれは外せるのか？」

「問題ない。すぐに外せる」

《土よ、在れ《テラリア・ザイン》》、とアンリは唱えた。彼女の手に細長い棒が現れる。それで牢獄《ろうごく》の鍵を開け、アンリはステラに近付いた。同じように手枷《てかせ》と口枷《くちかせ》の鍵を外す。

「……アンリ、オタク……？」

蹲《うずくま》ったままのステラが弱々しい声を出した。

「あんたたち、何をしに……？」

「決まってるだろ、ステラを助けに来たんだ」

俺の言葉に、アンリも同意するように頷《うなず》く。そして、彼女は俺をステラに差し出した。

ステラは渡されるまま俺を抱える。

「あ、あんたたち……ううっ、うわあああああっ……！」

急速に感情が噴き出したように。ポロポロと涙を零《こぼ》し、嗚咽《おえつ》を上げ始めるステラ。ぎゅっと杖《つえ》を握る手は震えている。

ステラが捕まって、たった一日。だけど、こんな真っ暗で狭い場所に閉じ込められたら、心細かったに決まっている。

素直に泣き出したステラに俺もアンリもしばらく何も言わなかった。

「落ち着いたか、ステラ？」

ステラの涙が止まり、ぐすっと洟《はな》をすすり始めたとき、俺は訊《き》いた。

「べ、別に、わたしは最初から落ち着いてるわよ。泣いてたのはあんたたちが来てくれたのが嬉《うれ》しかったんじゃなくて、口枷《くちかせ》が取れてちょっと声を出したくなっただけなんだから。本当よ！」

「うん、いつも通りのステラだな。大丈夫そうだ」

「嘘《うそ》バレバレの言い訳」

「う、嘘《うそ》じゃないわよっ！」

ステラは悔しそうに地団太を踏んでいる。

「あんたたちの助けなんか初めから期待してなかったんだからっ」

ふん、とステラは腕を組んで、そっぽを向く。

ツンデレ全開のステラを見れて、俺も嬉《うれ》しい。

「そういえば、フィーナは……？」

いつものメンバーが一人欠けているのにステラは気付いたようだ。

「フィーナは留守番だ。万が一、この救出作戦が失敗したら、フィーナの家にまで迷惑がかかるからな」

「そう……」とステラは静かに言った。

「それならよかったわ。フィーナが来たところで戦力外だもの」

「フィーナはこの場にいないんだから、強がらなくてもいいんだぞ」

「うるさいっ」

ふとアンリは階段を見上げた。

「あまりここに長く留まらないほうがいい。警備の兵士が死んでいるのに気付かれたら、増援が来る可能性がある」

「警備の兵士が死んでる……？」

ステラはアンリと俺を見比べた。

「あんたたち、まさか国軍の兵士たちを殺してきたの……？」

「違う。私たちは殺してない」

「誰がやったんだか知らないが、兵士たちが全員倒れてたんだよ。それで俺たちは難なくここに来れたってわけだ」

「どういうことよ……」とステラは眉を寄せた。

「とにかくここを出るぞ。また捕まったらシャレにならん」

「クソザコの言う通り」

三人で地下牢獄《ろうごく》を後にしようとしたとき、

「んーんーーっ!!」

唸《うな》り声が横から聞こえてきた。

怪訝《けげん》に思ったアンリが聖法《せいほう》の光を向ける。

そこには、鉄格子《てつごうし》を握って全身で訴えてくるクインザの姿が。

「あ、クインザ」

忘れてた、と言わんばかりのステラ。

クインザが黒板を見せる。……何て書いてあるのか俺には読めないが、ステラはアンリに言った。

「クインザも出してあげて」

アンリは再び細長い棒を使ってクインザの牢《ろう》を開放する。

口枷《くちかせ》が外れるなり、クインザはヒステリックに叫んだ。

「あなたたちっ、わたくしを解放しないで行こうとするとは無礼だわ！　最初にわたくしを助けるべきでしょう⁉」

一日牢《ろう》に入っただけじゃ、高慢な性格は直らないらしい。

普段よりボリュームが少ない赤髪を手で払い、クインザは顎を持ち上げる。

「とはいえ、わたくしを牢《ろう》から救出したこと、褒めてあげるわ。後でフランツベル家から褒《ほう》賞《しょう》が届くのを楽しみにしてなさい」

「クインザ……あんた今、フランツベルじゃないの忘れたの？」

「あれは一時的によ！　すぐに無罪を証明してフランツベルに戻るんだから！」

「無罪なら、牢《ろう》に入っておいたら？」

「入るわけないでしょう!?　こんな暗くて狭くて汚らしい牢《ろう》に、いつまでもいられるもんですか！　わたくしをここに閉じ込めた国軍に抗議文を送りつけてやるわよっ」

ムキーっとクインザは両手を振り回す。

(騒がしい奴《やつ》が増えたな……)

「それで、わたくしの杖《つえ》は？」

クインザは当然とばかりにアンリに問う。

アンリは無表情で答えた。

「ない」

ピクっ、とクインザのこめかみに青筋が浮かぶ。

「なんでわたくしの分の杖《つえ》を持ってきてないのよ！」

「私はステラだけを助けに来た」

「くうう、わたくしもいるんだからわたくしの分も持ってきてしかるべきでしょう⁉」

「そんな義理はない」

淡々と答えるアンリに、クインザはイライラと足を踏み鳴らす。

「だったら、いいわ。……ステラ、あなたの杖《つえ》を寄越しなさい」

え、とステラが言ったときには、クインザはステラから杖《つえ》を奪い取っていた。

「ちょっと、返して！」

「いいじゃない。あなたよりわたくしが杖《つえ》を使ったほうが有意義よ。その証拠を見せてあげるわ。《光《ルクサリア》よ――》」

「やめてくれないか、俺はステラの杖《つえ》なんだが」

ひいっ、とクインザは杖《つえ》を放り投げた。

カランカランと俺は地面を転がる。

「い、いい今っ、杖《つえ》から声が……！　呪われてるわ！」

クインザはお化けに遭遇したみたいに顔を引きつらせている。

ステラはため息をついて俺を拾った。

「そうよ。だから返してって言ったのに」

「あ、あなた、そんな危ない杖《つえ》を使っているの⁉　やめたほうがいいわ。すぐに替えてもらうべきよ！」

おや、と俺は思った。どういうわけだか、クインザがステラを案じている。

「わたしはこの杖《つえ》がいいの。それより早くここを出たほうがいいんでしょ。急ぎましょう」

俺を抱えたステラは地下牢獄《ろうごく》の出口へ進む。それにアンリとクインザも続いた。


地下牢獄《ろうごく》を出るなり兵士の亡骸《なきがら》と対面して、ステラが「っ……！」と息を呑《の》んだ。

クインザは眉をひそめつつも兵士をまじまじと見つめる。

「何か妙だわ。どうして頭だけが燃えているのかしら？」

「それは私も不思議に思った」

ステラがクインザとアンリを見比べる。

「頭が焦げてるのがそんなにヘン？」

「考えてみなさい。火の聖法《せいほう》でこれだけの兵士たちを殺そうと思ったら、わたくしだったら廊下中を焼き尽くすわ。だけど廊下に焦げた跡はないし、兵士も頭以外は無傷。これは異様よ」

「普通、頭に火が飛んで来たら庇《かば》う。でも、この兵士たちに庇《かば》った形跡はない」

（言われてみれば……）

どの兵士もまったく同じように頭が燃えて死んでいるのは不自然だ。

ふと、俺はエイルーナ先生の言葉を思い出していた。

『警備の兵士たちは日付が変わる頃に引き揚げるそうですよ、アハッ』

（引き揚げるとは、まさか兵士が全員殺されることを指していたのか……？　兵士たちを殺した犯人はステラたちには手を出さなかった。つまり、ステラの味方、ということになる。だが、魔女であるステラに味方する人なんて……もしかしてエイルーナ先生がステラを助けるために兵士たちを殺したんじゃ――）

まだ決めつけるのは早計だ。

それに今は、兵士を殺した犯人を捜している場合ではない。

「ステラ、これからどこへ行くつもり？」

アンリは真っ暗な校舎の廊下を歩きながら訊《き》いた。

「どこって……？」

「脱獄したあなたはお尋ね者になる。兵士に捕まらないよう遠くに逃げなければならない。そして、私はそれにはついていけない」

アンリは学園に残って、学生生活を続けるのだろう。

つまり、ここでアンリとはお別れだ。

ステラは目を落とす。

「……当てはないわ」

「わたくしはフランツベル領内の別荘に行くわ」

訊《き》かれてもないのにクインザは言った。

「フランツベル領内なら国軍も好き勝手できなくてよ。身を隠す場所ならいくらでもあるわ」

ステラは胡乱《うろん》な顔になる。

「何度も言うけど、あんた、フランツベル家じゃなくなったんじゃなかった？」

「別荘の管理人とは顔馴染《かおなじ》みよ！　わたくしを匿《かくま》ってくれるはずだわ」

「だといいんだけど」

「そんなに疑うなら、ステラ、あなたも来なさい」

「え……？」

「わたくしと一緒に別荘へ行って、身を隠すのよ。無罪が証明できるまでね」

「どうやって無罪を証明するつもり？」

話に割って入ったのはアンリだ。

「決まっているわ。教会の大司教様に、わたくしが礼拝堂で見聞きした女神様の奇蹟《きせき》をお伝えするのよ。そうしたらきっと、わたくしが魔法ではなく、女神様の聖なる力を使ったのだと認めてくださるわ！」

アンリは呆《あき》れたように小さく息をついたが、何も言わなかった。

「わたしの無罪は……？」

「あなたみたいな真面目バカが魔女なわけないでしょ。バカなの？」

「バ、バカバカうるさいわよっ」

「ふん、わたくしはね、平民に借りを作りたくないの。これでわたくしを牢《ろう》から出したことはチャラよ」

「あんたらしいわね……」

「何か文句があって？　孤児院育ちの庶民がわたくしの家の別荘に入れるんだから、文句があるはずないわよね？」

「はあ、しかたないわね。そういうことなら行ってあげなくもないわ」

ほう、と俺は興味深く二人のやり取りを見ていた。

牢《ろう》にいる間、何があったのか。犬猿の仲だった彼女たちは少し親しくなったようだ。クインザの誘いに応じるなど、以前のステラだったら絶対にありえなかった。

「アンリ」

ステラが青髪の少女に向き直る。もじもじと手指を弄《いじ》った後、彼女は意を決したように言った。

「その……わ、わたしは別に、助けてくれなんて言ってないんだからねっ」

（お別れのときもブレないツンデレ！　これでこそ俺の推し！）

俺は心の中でぐっと拳を握る。

アンリは淡々と答えた。

「知ってる」

「そ、そう……ならいいんだけど……」

「私が助けたかったから、勝手に助けただけ」

「っ」とステラが肩を震わせた。

うう～～、と唸《うな》り、ステラはアンリに背中を向ける。

「……あ、あんたが助けてくれたこと、忘れないから」

囁《ささや》くような声。

それにアンリは頷《うなず》いた。

「あーあ、別れの挨拶なんかして。無罪が決まったらどうせ学園に戻って来るのに」

クインザは肩を竦《すく》め、首を振っている。

「それで、あんたの家の別荘ってどこにあるのよ」

「言われなくても案内するわよ。その前に」

おもむろにクインザは、倒れている兵士から杖《つえ》を取った。

「死んだ人の杖《つえ》なんて使いたくないけど、やむを得ないわね。道中、聖法《せいほう》を使わないなんて無理だもの」

「そういえばオタク、あんた調子悪いのは治ったの？」

聖法《せいほう》がちゃんと使えるようになったのか、ステラは訊《き》いている。『神の力』を取り上げられたままの俺は重い気分で答えた。

「すまん。まだ聖法《せいほう》は使えないものとして考えてくれ」

「まったく、しかたないわね」

杖《つえ》と会話するステラをクインザは気味悪そうに眺めている。

それに気付いてステラは言った。

「気にしないで。この杖《つえ》はたまに変態発言をする以外は無害だから」

「気になるわよ！」

「ステラの味方なら俺の味方だ。よろしく、クインザ！」

「ひいっ、呪いに名前を覚えられたわ！　どうしてくれるのよ⁉」

脱獄したとは思えない賑《にぎ》やかさで俺たちは昇降口を出る。

刹那――


「貴様ら、杖《つえ》を捨てろっ！」

響き渡った鋭い声。

クインザもステラもアンリも立《た》ち竦《すく》む。

（うっ、何だよこれ……！）

昇降口は一分の隙もなく、たくさんの兵士たちに囲まれていた。こちらを睨《にら》みつける数多《あまた》の兵士たち。皆が皆、殺気立っているようだ。

「キミたちに一つ、問いたい」

中空から聞き覚えのある声がした。

はっとステラが息を呑《の》む。

兵士たちを率いるように浮いているのは、最強の聖女とも言われるハミュエルだった。琥珀《こはく》色の髪を風になびかせ、彼女は冷徹にステラたちを見下ろす。

「学園内に配置していた百名ほどの兵士たちを全員殺したのは、キミたちか？」

感情を押し殺した声音に、ぞくりとした。ハミュエルのそんな声を聞くのは初めてだ。彼女は今、とても怒っている。

「百人ですって⁉　わたくしたちじゃないわよ。第一、わたくしとステラは今、牢《ろう》から出たばかりなのよ⁉　そんなことができるわけないでしょう！」

「私が校舎に来たときには既に死んでいた」

クインザとアンリが口々に言う。

だけど、ハミュエルの冷たい眼差《まなざ》しは変わらない。

「兵士たちは皆、自分の頭を燃やして自害したようだ。他者を自害させる――そんなおぞましいことができるのは、私が知る限り一人しかいない」

そこで区切ったハミュエルは目を細め、その名を口にする。

「〈服従〉の魔女リリアナ。脱獄にあたって、キミたちは最凶の魔女の手を借りたな？」

「違います――っ⁉」

ステラが叫んだときには、ハミュエルの姿がかき消えていた。

一陣の風が三人の目の前を掠《かす》める。

「なっ⁉」

「っ……⁉」

カランカラン、と折れた杖《つえ》が転がった。

落ちたのはクインザとアンリの杖《つえ》だった。二人とも、杖《つえ》を真っ二つに斬られている。

「またしてもわたくしの杖《つえ》を……！」

「全然、斬られたのに気付かなかった」

悔しそうなクインザに、驚嘆しているアンリ。

姿を現したハミュエルが叫ぶ。

「魔女以外は無力化した。確保しろ！」

それを合図に、兵士たちは沸き立ち、こっちに駆けてくる。

「くっ」とクインザはすぐさま別の兵士の亡骸《なきがら》から杖《つえ》を拾った。

「牢《ろう》に戻されて堪《たま》るもんですか！　――《火よ、在れ《イグナリア・ザイン》》！」

「援護する。《水よ、在れ《アクアリア・ザイン》》」

同じく兵士の杖《つえ》を拾ったアンリが詠唱する。

クインザは巨大な火球を作り、兵士たちに投げつける。そこにアンリが氷球を投入した。

瞬間、火球が倍以上に膨れ上がって爆発する。

兵士たちは悲鳴を上げて散り散りになった。

「わたくしの火球に何を入れたの？」

「凍った油の塊」

はっ、とクインザは愉快そうに笑った。

「さすがラズワルドね。わたくしの火をここまで大きくするなんて、普通の生徒じゃできなくてよ」

「早く次の詠唱。また兵士が来る」

「言われなくても。――火の精霊よ、我が敵を焼き尽くす炎を熾《おこ》せ。《火よ、在れ《イグナリア・ザイン》》！」

「――天の鉢は傾けられ、恩恵は大地へ降り注いだ。《水よ、在れ《アクアリア・ザイン》》」

クインザとアンリは同時に唱える。

元火の一族と元水の一族の共闘だ。

空の片側からは火球が、もう片側からは油の塊が驟雨《しゅうう》のように降り注ぐ。少女たちの聖法《せいほう》は地上で合わさり、辺り一面を赤々とした爆炎で埋め尽くした。

「すごい……」

二人の後ろに引っ込んでいたステラが、思わず感嘆の声を洩《も》らす。

だが、兵士たちを抑えられたのは、ほんの数瞬だった。

土の聖法《せいほう》で盾を作った兵士たちは炎をものともせず、こっちへ押し寄せてくる。

「なっ、しつこいわね。《火よ《イグナリア》――》」

「待って。――高波の時は止まり、氷壁となった。《水よ、在れ《アクアリア・ザイン》》」

バキバキッと音がして、俺たちの前に分厚い氷の壁がそびえ立った。

「これで少しは兵士たちを足止めできるはず」

「役に立つじゃない、ラズワルド」

ステラもほっと息をつく。

が、次の瞬間、ステラは宙に浮いていた。

「きゃあ――んんん……！」

信じられないことに、上空には雲を寄せ集めて作ったような白いドラゴンが浮いていた。ドラゴンはステラの身体《からだ》に巻きつき、彼女の口と動きを封じている。俺もステラと一緒に巻かれていた。

アンリとクインザがこっちを見上げる。

「ステラ……！」

「なっ、ドラゴンまで作ってくるだなんて……ステラを放しなさい！《火よ、在れ》《イグナリア・ザイン》！」

クインザがドラゴンに火球を放つ。しかし、火球はドラゴンの体軀《たいく》に触れるなり、あっさり消えてしまった。ダメージが通っていない。

「このような形で相対するとは残念だ、ステラ」

気付けば、ステラの正面にはハミュエルが浮いて、こっちを見据えていた。

「んん……！」

ステラは何か言いたいようだが、ドラゴンが彼女の口を塞いでいるせいで喋《しゃべ》れないでいる。

ステラに魔法の詠唱をさせないための措置だ。

「キミが私と一緒に、平和を守るために戦いたいと言ってくれたときは嬉《うれ》しかった。貴族たちは大概、名誉のために〈女神の杖〉《オプティ・バクルス》に入る。国のために、平和のために、と本心から思い、高い志を持つ者は哀《かな》しいかな、ほんの一握りだ」

ハミュエルの双眸《そうぼう》が憂いを帯びる。

だがそれは一瞬のことで、瞬《まばた》きをした後には彼女の瞳は敵意に染まっていた。

「それなのにまさかキミ自身が、平和とは対極にある魔女だったとは。キミに祝福を授けるべきではなかった。〈女神の杖〉《オプティ・バクルス》として、私は世界を滅ぼす災いを排除する――！」

「ふざけるなっ!!」

俺は渾身《こんしん》の声で怒鳴っていた。

本来、アントーサで聞くはずのない男の声。

地上にいる兵士たちの動きが止まる。

周囲に目を走らせたハミュエルに、俺は咆《ほ》えた。

「訂正しろ。ステラは世界を滅ぼす災いでも、平和を妨げる者でもない。魔女だからって悪者だと勝手に決めつけるなよ！」

ステラのもの言いたげな視線を感じる。

（……すまんな、ステラ。黙っているのが賢明なのは俺もわかっている。でもここで黙っていられるわけないだろうが……！）

憧れのハミュエルに非難されて、ステラはものすごくショックを受けている。

推しの心を傷付けられたのだ。オタクとしては黙っていられない。

ハミュエルは俺の声をまだ覚えていたようだ。

「キミは……ステラの腹話術……！」

「よく考えろよ。もしステラが世界を滅ぼすんだったら、どうして聖法《せいほう》競技会でクインザの攻撃を止めたんだ？　あのときステラの魔法が誰かを傷付けたか？　ハミュエル様、あんたがクインザを止められなかったから、ステラが動いたんじゃないか！」

っ、とハミュエルが厳しい顔になった。

「……聖法《せいほう》では魔法を受け止められない。それは致し方のない事実だ。だからと言って、魔法を使っていいわけではない」

「ステラは平和のために、会場にいた全員を救うために魔法を使ったんだよっ。あんただって見てたよな!? それなのにステラは世界を滅ぼすって? おかしいと思わねえのかよ!」

ハミュエルは答えない。

だけど、彼女が揺らいでいるのが表情から窺《うかが》える。

聖女学園では暗誦《あんしょう》できるようになるまで聖典を学ぶ。聖典には魔法がいかに恐ろしいもので、女神に背くものか繰り返し描かれているのだ。よって、ハミュエルが魔女を悪と決めつけてしまうのはしかたがない。

それがこの世界の常識であり、俺も今ここでその常識を覆《くつがえ》せるとは思っていない。揺さぶれただけで十分だ。

(この隙に、まずはステラをドラゴンから解放する!)

俺は一呼吸置いて、唱えた。

「――《返せ》!」

「しまっ――!」

ハミュエルがはっとしてステラから距離を取る。同時にドラゴンも消えていた。

はったり大成功だ。

ハミュエルは俺をステラの腹話術だと思っている。つまり、俺が魔法の詠唱をしても発動するものと考えたのだ。

ドラゴンから解放されたステラは宙に放り出され、地上に落下する。

「っ！　《風よ、在れ》《ウエナリア・ザイン》！」

ステラが唱えるものの、彼女の身体《からだ》が浮くことはなかった。下にいたアンリとクインザによって受け止められる。

「怪我《けが》はない？」

「あなた、飛ぶこともできないわけ？」

「みんな、早く逃げるぞ！　ステラが魔法を使ったと勘違いしてる今がチャンスだ」

二人の台詞《せりふ》にかぶせて俺は言った。

たった一度しか使えない大はったりだ。この機会をふいにするわけにはいかない。

ステラは頷《うなず》いて走り出す。アンリもクインザもその後に続いた。

前方には兵士たちが分厚い壁のように並んでいた。ステラが突っ込んでくるのを見るなり、彼女たちは叫ぶ。

「魔女を止めろ！　《土よ、在れ》《テラリア・ザイン》！」

「怯《ひる》むな！　《土よ、在れ》《テラリア・ザイン》！」

ステラ目掛けて飛んでくる石はさながら銃弾だ。

けれど、ステラは凄《すさ》まじい運動神経でそれらを躱《かわ》し、兵士たちに突進する。兵士たちの顔が引きつった。

「邪魔よ、退《ど》きなさい！」

体当たりでステラは兵士の壁を切り拓《ひら》く。

反撃はない。何故《なぜ》ならステラが兵士たちの杖《つえ》に触れているからだ。

詠唱しても聖法《せいほう》が発動しない恐怖が、兵士たちの間に伝播《でんぱ》する。

恐れた兵士たちはステラに道を開ける形となり、三人は兵士の壁を突破しつつあった。

「逃がすか、ステラ・ミレジア。――《風よ、在れ《ウエナリア・ザイン》》！」

上空からハミュエルが風の塊を放つ。

「《水よ、在れ《アクアリア・ザイン》》」

咄嗟《とっさ》にアンリが氷の盾を作って掲げた。

が、それはハミュエルの風の前には無力で。

砕け散った氷の欠片《かけら》が降り注ぐ。風の塊が三人を直撃しようとしたとき、

「鉄壁です、《土よ、在れ《テラリア・ザイン》》！」

聞こえるはずのない詠唱が聞こえた。

（っ、フィーナ⁉）

ステラも、アンリもクインザも、はっとする。

三人を守るように鉄の壁が現れ、ハミュエルの風を受け止めていた。

ハミュエルが視線を彼方《かなた》へ投げる。

校門付近で、杖《つえ》を握ってガタガタと震えている少女がいた。顔色は真っ青、顔面はヒクヒクと引きつっている。今にも卒倒しそうだったが、フィーナは大きく息を吸うと、上擦った声で叫んだ。

「す、すみませーん！　聖法《せいほう》の自主練習をしていたのですが、そんなところに壁ができてしまいました。あはははは……」

唖然《あぜん》とする一同。

兵士の一人がフィーナに怒鳴る。

「何をやっている！　脱獄者たちの手助けをするつもりか！」

「ひっ、違います……！　あたしは聖法《せいほう》が下手なので、狙った場所に聖法《せいほう》を発動させられないんです。だから、今のはハミュエル様の攻撃を邪魔しようとしたわけではないんです！」

なんつー理屈だ。

全員が呆《ほう》ける中、ハミュエルだけは冷静だった。彼女はすぐさま一陣の風になり、ステラたちに襲いかかる。

が、またしても。

「鉄壁です、《土よ、在れ《テラリア・ザイン》》！」

ステラたちの周囲を鉄の壁が覆い、ハミュエルの攻撃は防がれた。

フィーナのわざとらしい台詞《せりふ》が響く。

「わー、また失敗ですぅ！　あたしの聖法《せいほう》が下手で、すみませーん！」

「フィーナ……」

ステラが感極まったように呟《つぶや》いた。

どうしてフィーナがここにいるのか。彼女はステラの救助には加担できないと言っていたはずなのに。

ステラたちを助けるのにどれだけ彼女が勇気を振り絞ったのか。それが想像できないステラではない。

くっ、とステラは前方の兵士たちを見据えた。

「絶対に逃げるわよ。フィーナの援護を無駄にはさせないわ！」

「当然だわ。《火よ、在れ《イグナリア・ザイン》》！」

「《水よ、在れ《アクアリア・ザイン》》」

クインザとアンリが派手な聖法《せいほう》を兵士たちに叩《たた》き込み、突進したステラは兵士たちの聖法《せいほう》を封じて無力化する。

フィーナが援護してくれるおかげで、ステラたちは攻撃に出られるのだ。

「調子付くのもそこまでだ、聖女見習いたち！」

ハミュエルの姿が消え、直後、彼女はステラの正面に現れる。

「っ⁉」

「《風よ、在れ《ウエナリア・ザイン》》！」

フィーナの鉄壁も割り込めないほど、至近距離からの烈風。

ステラ、クインザ、アンリの三人は昇降口まで一気に吹っ飛ばされ、地面に転がった。

間髪入れずハミュエルが三人に迫り、風の塊を少女たちの鳩尾《みぞおち》に叩《たた》き込む。

「あっ……！」

「ぐうっ……！」

「くっ……」

あまりに速く、一方的な攻撃だった。

立ち上がれなくなった三人の手足や口に、泥のようなものが絡《から》みつき、ステラたちは動きを封じられる。

「よくやった」とハミュエルは後ろで杖《つえ》を構える兵士たちに言った。泥を出してステラたちを拘束しているのは兵士たちらしい。

「校門にいる生徒も捕まえておけ」

「はい！」

ハミュエルの命令に返事をした兵士たちは、フィーナのほうへ飛んでいく。

「あ、あたしはただ、聖法《せいほう》の練習をしていただけです……！」

フィーナの弁解が通じるはずもなく、彼女もまた兵士たちに捕らえられてしまった。

(最悪だ。アンリやフィーナまで……こんなはずじゃなかったのに……!)

悔やんでももう遅い。

ハミュエルは転がっているステラを見下ろした。その手には口枷《くちかせ》がある。

「脱獄など無謀なことだ。魔法に触れた者を始め、魔女を手助けする者まで。女神様に背く者は皆、死罪と決まっている」

ぴくり、とステラが反応した。

ハミュエルはステラの傍《そば》にしゃがみ込む。

「キミの行為は、いたずらに処刑人数を増やしただけにすぎない」

口枷《くちかせ》を嵌《は》めるべく、ハミュエルはステラの口の泥を拭う。

刹那、

「——《返せ》」

魔女の口から詠唱が零《こぼ》れ出た。

同時にキリキリと俺の胸の奥が痛み始める。

(ステラ……!)

じゃらり、と。どこからともなく鎖が鳴る。魔女の詠唱で世界が捻《ね》じ曲がり、虚空《こくう》にいくつもの穴が空いた。そこから漆黒の鎖が災厄の蛇のように生まれ出でる。

「っ、《風よ、在れ》《ウエナリア・ザイン》！」

ハミュエルが咄嗟《とっさ》に唱えたが、すべては手遅れだった。

「許さない。わたしの友人たちを処刑するなら、許さない！」

そこにいるのは、鎖の冠を戴《いただ》いた〈束縛〉の魔女。

禍々《まがまが》しくも神々《こうごう》しい少女は苛烈な瞳でハミュエルを見据える。

ステラの魔法が発動したことで、三人を拘束していた泥は消えていた。ハミュエルの聖法《せいほう》も発動しない。

「くっ……！」とハミュエルが杖《つえ》に手を当てた。

「女神様、私にご加護を！　風の精霊王よ、《風よ、在れ》《ウエナリア・ザイン》——っ⁉」

「《返せ》」

次の瞬間、ハミュエルの杖《つえ》から鎖が噴出した。

まるで老木に巣食うヤドリギのように、無数の鎖は杖《つえ》から芽吹いて宿主を覆い尽くす。鎖はハミュエル自身にも及び、彼女を瞬く間に拘束した。

杖《つえ》ごと鎖で雁字《がんじ》搦《がら》めにされ、ハミュエルは呆然《ぼうぜん》としていた。

「……女神様が与えてくださった精霊すら奪うとは……」

杖《つえ》とは聖女の命。そこに精霊が宿るのは、女神が定めたこと。

聖法《せいほう》とは精霊が起こす奇蹟《きせき》であり、それはつまり女神の教えそのものなのだ。

それらをステラは魔法で封じている。女神への信仰も懇願も、魔女ステラの前には無為だった。

さすがに戦意を喪失したのか、ハミュエルは無力さを噛《か》み締《し》めるように動きを止めている。

ステラは後ろを振り向いた。

「アンリ、クインザ、学園を出るわよ」

アンリは学園に残る予定だったが、罪人になれば学生は続けられない。

いつもの無表情でアンリは頷《うなず》く。クインザはステラの変貌ぶりに気圧《けお》されているようで、遅れて頷《うなず》いた。

校門からフィーナが叫ぶ。

「ステラさん、あたしは――!?」

「あんたも一緒に行くに決まってるでしょ」

ぱあああっ、とフィーナの顔色がよくなる。

ステラが一歩踏み出したとき、ハミュエルが言った。

「待て、ステラ・ミレジア。たとえここで私から逃げおおせたところで、キミたちは罪人だ。国軍は永遠にキミたちを追い続け、キミたちに安寧の日は――」

「たとえどんな苦難を背負おうとも、わたしの親しい人は絶対に守ってみせる」

それは、ステラが初めから抱いていた信念。

天地がひっくり返ろうとも、決して揺るがないもの。

これまでずっと独りぼっちだった少女の願いであり、誓いだ。

鎖を従えて魔女は進む。

恐れをなした兵士たちは波のように割れてステラの進路を作る。ハミュエルにももはやステラを止める術《すべ》はなく、見送るだけだ。

不意にぴたり、とステラの足が止まった。

「……？」

ステラの行く手に誰かが立ちはだかっている。

たった一人で立っているだけなのに、校門を塞ぐようなオーラを放つその少女は。

（は……？　いや、そんな馬鹿な。俺の目の錯覚か……？）

目を擦りたくとも、杖《つえ》の身ではそれも叶《かな》わない。

夜陰を背負って立つ少女を、俺はよく知っていた。幼稚園の頃からずっと見てきたのだから当然だ。

真《ま》っ直《す》ぐ流れる艶《つや》やかな黒髪、雪のように白い肌に、ツンと吊《つ》り上《あ》がった眦《まなじり》。身に纏《まと》うのは俺の高校のセーラー服。そして、手には竹刀だ。

「満《み》、月《つき》……？」

俺の幼馴染《おさななじみ》、華具夜満月《かぐやみつき》がそこにいた。

＊＊＊

俺が異世界に転生した日のことは、いまだにきちんと覚えている。

二月十四日。バレンタインデーだった。

その日の放課後、教室は特段賑《にぎ》やかで、女子たちは本命、義理を問わずにチョコをみんなに配っていた。俺は義理しかもらえないのはわかっていたが、チョコの数欲しさになんとなく教室に残っていたのだ。

気付けば、教室には俺と満月《みつき》だけになっていた。

真っ赤な夕陽《ゆうひ》が射《さ》し込む教室で、満月《みつき》は自席でスマホを弄《いじ》っているだけのようだった。

無理もない。満月《みつき》の料理が壊滅的なのを幼《おさな》馴染《じみ》の俺は知っている。彼女が他の女子のようにチョコを作ってくることはないのだ。

さあ、帰ろうと俺は席を立った。

そのとき、

「待ちなさいよ」

スマホをポケットに入れ、満月《みつき》が立ち上がった。

家が剣道の道場で、幼い頃から剣道をやっている満月《みつき》は姿勢がいい。女子の平均身長より少し高いくらいでも、彼女がすらりとして見えるのはそのためだろう。

満月《みつき》はにこりともせず、俺に紙袋を突き出した。

「あげる」

「どうも」

中身が何だかわからないが、条件反射のように受け取ってしまった。

何だろう？　この前貸してあげた消しゴムだろうか？

「開けてみてもいいか？」

訊《き》くと、満月《みつき》はふん、と顔を横向けた。

「あんたにあげたものなんだから勝手にしなさいよ」

ＯＫがもらえたので、俺は紙袋を開ける。

満月《みつき》がチラチラとこっちを窺《うかが》う気配がした。

紙袋の中を覗《のぞ》くと、そこにはチョコレート色をしたハート型のものがあった。

「……変わった色の消しゴムだな」

「消しゴムぅうっ⁉　あんた、食べてもないのにわたしの作ったチョコを消しゴム扱いするわけ⁉」

「待て満月《みつき》！　竹刀を取るなっ！　すまなかった！」

竹刀を振り上げた満月《みつき》はフー、フー、と怒気を全身から放っている。

剣道のインターハイで個人優勝した満月《みつき》に竹刀を持たせたら、鬼に金棒だ。

どんな事情であれ、手作りチョコを消しゴムと勘違いするとは失礼な話である。

俺は覚悟を決めて、チョコを一つ、口に放り込んだ。

「あっ……美味《うま》い！」

俺の覚悟は不要だったようだ。口の中にビターチョコレートの控えめな甘さが広がり、溶けていく。既製品に劣らない美味《おい》しさだ。

「これ、本当に満月《みつき》が作ったのか？」

「本当にって何よ」

「え、だって……小学生のとき、満月《みつき》の作ったチョコを毒見させられて腹を壊した経験が——」

「何年前の話持ち出すのよ、バカ！　今回のはちゃんとお母さんと一緒に作ったんだから！」

「ああ、それなら安心だな」

「それなら？　キモオタなんだから、どんなチョコでももらえるだけありがたいでしょ」

「ありがとうございます！　いただきます！」

チッ、と舌打ちをして満月《みつき》は俺から目を逸《そ》らす。竹刀はとっくに下ろされていて、満月《みつき》の機嫌が満更ではないのが見て取れた。

そこで俺ははたと気付く。

放課後に二人きり、夕陽《ゆうひ》に染まった教室、ハート型の手作りチョコ――完璧だ。この状況下に置かれたら、誰だってこう思うだろう。

「なあ、このチョコって本命だよな……？」

瞬間、満月《みつき》の顔が火を噴いた。

「は、はあ？　キモオタのくせに勘違いしないでよね。あんたにあげたのは毒見よ、毒見！　別にそれ以上の意味なんてないんだからっ」

ツンデレだ。

恥ずかしがると彼女は本当のことを言ってくれなくなるのだ。またいつものツンデレが始まったと俺は確信する。

「じゃあ、これから本命の人にあげに行くのか？」

「そうよ。当たり前でしょう？」

「でももう、生徒は残ってないみたいだけどな」

俺たちしかいない教室はがらんとしていて、どこか空虚だ。廊下から女子たちのはしゃぐ声が時折聞こえてくる。

満月《みつき》はふるふると震えていた。羞恥心を押し込めるみたいに彼女は俯《うつむ》いている。

「あ、あんたに関係ないでしょっ」

「そうだな。俺は満月《みつき》が頑張って作った本命チョコを食べられただけで満足だ」

「だから、本命じゃないって――」

ムキになった満月《みつき》は顔を上げる。

途端に彼女から表情が抜け落ちた。

え？　と思う。

今や満月《みつき》は冷たい真顔になっていた。恥ずかしがっているのでも照れているのでもない。すべてを拒絶するような、他人行儀な表情。

「あんたみたいなキモオタに本命あげないから。自意識過剰やめてほしいんだけど」

ガチトーンの、本気で嫌がっている声音だった。

……は？　なんで？

意味がわからない。

どうしていきなり満月《みつき》に拒否られたのか。……そう、俺は満月《みつき》に拒まれたのだ。

ツンデレとは好意がなければ成立しない。本心から俺を嫌っているなら、それはツンデレではなくツンツンだ。

俺の思考が追いつかないうちに満月《みつき》はカバンを取ると、教室を出て行ってしまう。

真っ赤に染まった教室には、俺一人が残された。

それが、俺が転生前に見た最後の満月《みつき》だった。

＊＊＊

真夜中のアントーサの敷地内《しきち》。銀髪の少女と黒髪の少女は対峙《たいじ》する。

周囲には聖法《せいほう》を封じられた国軍の兵士たちがいて、二人を見守るように立ち尽くしていた。

誰も動こうとはしない。

校門に立ち塞がる黒髪の少女は鋭い瞳《め》でステラを見つめ、問う。

「あんたがステラ・ミレジア？」

俺の記憶通りの芯が強い声だ。

目の錯覚ではない。ここにいるのはやはり満月《みつき》なのだ！

懐《なつ》かしさが俺の胸をいっぱいにする。たった一人で見知らぬ異世界に来た俺は、どうやら心細かったらしい。満月《みつき》を見た途端になんだか目の辺りがムズムズして涙が出そうになるとは。

……杖《つえ》だからどんなに頑張っても涙は出てこないけど。

ステラは怪訝《けげん》そうに眉をひそめ、答える。

「そう、だけど……？」

瞬間、満月《みつき》の双眸《そうぼう》が剣呑《けんのん》に光った。

彼女が口の中で何かを唱え、竹刀に漆黒が纏《まと》わりつく。

「――覚悟っ」

竹刀を構えるなり、満月《みつき》がこっちに駆け出した。

「っ⁉　――《返せ》」

ステラが手を突き出す。

魔女の手から放たれた漆黒の鎖。それは満月《みつき》の竹刀に迫り、

「やァっ――‼」

夜陰を切り裂く、気迫の掛け声。

黒い竹刀でもって、満月《みつき》はステラの鎖を断ち切った。

「なっ……！」

怯《ひる》むステラ。

その隙に満月《みつき》が踏み込み、竹刀を大きく振りかぶった。

「死ね――っ！」

大上段から振り下ろされた竹刀が、ガン、とステラの杖《つえ》にぶつかった。

力技で押し込んでくる満月《みつき》。それをステラは鎖を巻いた杖《つえ》で受け止めていた。ステラの鎖と
満月《みつき》の竹刀が反発しているのか、バチバチと火花が散るような音が鳴っている。

(何だ……？　どうして満月《みつき》がステラを襲ってるんだ⁉)

満月《みつき》とステラの間で、俺はパニック寸前だった。

異世界にいるはずのない幼馴染《おさななじみ》が現れたと思ったら、何故《なぜ》か俺の推しと戦い始めた。マジでわけがわからない。どんな因果でこんな状況が生まれるのか。一つだけ言えることは、俺はどちらにも怪我《けが》してほしくないってことだ。

「やめろ、満月《みつき》！」

はっと満月《みつき》が瞠目《どうもく》した。

その隙にステラは竹刀を跳《は》ね除《の》け、満月《みつき》から距離を取る。

はあ、はあ、と肩で息をするステラ。この世界では運動神経がいいステラも、インターハイで優勝した満月《みつき》を相手にするのは骨が折れるようだ。

満月《みつき》は竹刀を下ろして、周囲に目を走らせていた。

「キモオタ⁉　どこにいるのよ、キモオタっ！」

声だけでも、満月《みつき》はちゃんと俺を認識したらしい。

「おまえの目の前だ。俺はステラの杖《つえ》にいる」

ピタっと満月《みつき》の動きが止まり、彼女の目が俺を捉える。

「……はあ？　何それ？」

「荒唐無稽かもしれないが、俺はステラの杖《つえ》に転生したんだよ！　そういうわけだから満月《みつき》、ステラと戦うのは止《や》めてくれ」

しん、と夜の静寂が俺たちを取り巻く。

俺を握るステラの手に力がこもった。

「……へえ、そう。わかったわ」

満月《みつき》は頷《うなず》きながら低く言った。

だが、言葉とは裏腹に、満月《みつき》の全身からは殺気が迸《ほとばし》っている。一体、何がわかったのか。訊《き》くのも空恐ろしい。

「み、満月《みつき》……？」

「杖《つえ》にされてもわたしに助けを求めてこないなんて、あんたが魔女に誑《たぶら》かされてるのはよーくわかったわ。相変わらずバカで、救いようがないキモオタね。でも、安心しなさい。幼馴染《おさななじみ》のよしみで、わたしはあんたを見捨てはしないから。きちんと魔女を殺してあげるわよっ」

（なんてこった！　これはツンデレでもツンツンでもない。ヤンデレだ！）

いつの間に満月《みつき》の属性が変化したのか。……いや、今はそんなことを考えている場合ではない。

「キモオタとわたしの日常のために死になさい、魔女ステラ――っ！」

「ステラ、逃げろおおおおっ！」

凄絶な表情で竹刀を振りかざし、突進してくる満月《みつき》。

ステラは再び鎖を出すべく手を掲げ――

「そこまでにしていただけませんか、救世女様」

横から遮断機みたいに杖《つえ》を差し込まれ、満月《みつき》の足が止まった。

気付けば、横には修道服を着た女性たちの集団がいた。黒で統一された長いワンピースに威圧感を覚える。

満月《みつき》を止めた年配の修道女は、胡散臭《うさんくさ》い微笑を浮かべていた。

「処刑は裁判が終わってからというお約束でしたでしょう」

チッ、と満月《みつき》が舌打ちをして竹刀を下ろした。

（救世女？　満月《みつき》が救世女だって⁉　笑わせるなよ！）

俺の幼馴染《おさななじみ》が救世女とか、冗談はやめてほしい。

だが、ハミュエルを含めた兵士たちは皆、満月《みつき》のほうを向いて跪《ひざまず》いていた。厳かな雰囲気が漂っていて、とても軽口を言える空気ではない。

不意にクインザが走り込んできた。

「大司教様！　わたくし、クインザ・フランツベルですわ！　覚えていらっしゃいますか⁉」

クインザは年配の修道女の前で膝をついた。

大司教はクインザを、というかその胸にかかったペンダントを一瞥《いちべつ》する。

「ええもちろん、覚えています。フランツベル家には多額の寄付を戴《いただ》きましたから」

クインザがほっと表情を緩めた。

「大司教様に申し開きしたいことがございます。わたくしは聖法《せいほう》競技会の直前、礼拝堂へ赴きました。そこで女神様に祈っている最中、なんと女神様がわたくしの前に現れ、わたくしに聖《せい》法《ほう》薬を作るよう短冊《たんざく》を授けてくださったのです！」

（短冊《たんざく》か……女神の魔呪物だ）

が、それを知っているのは俺だけだ。

クインザは歓喜に満ちた表情で大司教を見上げる。

「わたくしは女神様の奇蹟《きせき》を体験しました。女神様の仰《おつしや》る通りに短冊《たんざく》で聖法《せいほう》薬を作り、女神様を讃《たた》えたら超常の力が生まれたのです！　女神様から与えられた力が、呪われた魔法であるはずないではありませんか……！」

「――クインザ・フランツベル」

「大司教様もまさかこれを魔法とはお認めにならないですよね⁉　だって、わたくしは女神様の短冊《たんざく》を使って聖法《せいほう》薬を作ったのですよ⁉　短冊《たんざく》は女神様の奇蹟《きせき》、聖なるものですわ。それを聖法《せいほう》薬にしたら当然――」

「クインザ・フランツベルっ！」

大司教が遮るように一喝した。

クインザの表情が凍る。

「貴女《あなた》はそのような妄言を吐いて、恥ずかしくないのですか？」

「え……？」

大司教は蔑むようにクインザを見下ろしていた。

クインザの組んだ手が震える。

「妄言ではありません……わたくしは本当に女神様を見ました！　女神様はわたくしが勝利するために短冊《たんざく》を……！」

「まだ妄言を吐くのですか。貴女《あなた》が目にしたのは女神様ではありません。貴女《あなた》が手にしたのは短冊《たんざく》ではありません」

「でもわたくしは──！」

「これ以上、女神様を穢《けが》すのは許しません」

大司教は杖《つえ》を取り、クインザの口に当てた。

「《火よ、在れ《イグナリア・ザイン》》」

止める間もなかった。

大司教の杖《つえ》から放たれた炎が少女の喉を焼く。

（なっ……！）

「クインザっ……！」

ステラが悲鳴を上げると同時に、クインザはどうっと倒れる。

駆け寄ろうとしたステラを、満月《みつき》は竹刀で制した。勝手な行動は許さない、と言うような目でステラを見据える。

「──っ──っ──」

苦しそうな呼吸を繰り返すクインザ。喋《しゃべ》れる状態ではないようだ。

喉が焼けた少女を大司教は慈愛の目で見下ろした。

「女神様を貶《おとし》めようとするから、こうなるのです。裁判では真実を語ってくれると信じていますよ」

(喉を焼いておきながら、裁判では真実を語れだと?)

なんていやらしい奴《やつ》だ、と俺は大司教を睨《にら》む。さすが腹黒女神教のトップなだけはある。

次いで大司教は首を回した。

「ハミュエル殿」

「はっ」

「魔女と魔女の脱獄に関与した者たちを牢《ろう》へ」

「待って!」

大司教とハミュエルの間に入ったのは、満月《みつき》だった。

「どうされました、救世女様?」

大司教が慇懃《いんぎん》に問う。

「魔女を牢《ろう》に入れる必要はないわ。わたしが見張るから同じ部屋にして」

「何を仰《おつしゃ》られるのです……!?」

「畏れながら、それは大変危険ですのでお止《や》めください、救世女様」

ハミュエルの進言に、満月《みつき》は腕を組む。

「危険？　それはわたしが魔女に敵《かな》わないと言っているの？」

「女神様が遣わされた救世女様の御力を、見くびるつもりはございません。ですが、救世女様に万一何かあっては困ります。どうかお考え直しを」

「嫌よ」

頑として譲らない満月《みつき》。

「第一、脱走できる牢《ろう》にまた戻してどうするのよ。たくさん兵士が死んだんでしょ？　また脱走されるわよ。それより、わたしが目を光らせておいたほうが確実じゃない？」

「……それは……」

「救世女のわたしが言ってるの。わたしが言ったことは絶対なはずだけど？」

満月《みつき》はハミュエル相手にもまったく怯《ひる》むことなく言ってのける。

ハミュエルも大司教も渋い顔になったが、満月《みつき》に口答えはしない。

「魔女ステラはわたしが責任を持って監視するわ。他の子は部屋に戻しておきなさい。魔女の身柄をわたしが押さえてるんだもの、逃げやしないわよ」

はい、終わり、とでも言いたげに満月《みつき》は口を閉ざす。

大司教が兵士たちに向けて言った。

「……救世女様の仰《おお》せの通りに」

はい！　と兵士たちの声が重なった。

（マジかよ、満月《みつき》。マジで救世女扱いされてるじゃねえか……）

兵士たちはフィーナやアンリ、倒れているクインザを寮のほうへ連れて行く。

ステラが満月《みつき》に声をかけた。

「あ、あんた！　わたしたちを牢《ろう》に入れないでくれたのは感謝してあげなくもないわ。もしかしてあんたって――」

「勘違いしないで」

拒絶するように満月《みつき》は言う。

「あんたを殺す。そのためにわたしはここに来たんだから」

ステラが言葉を失った。

すぐさま満月《みつき》は背を向けて歩き出す。

「いくら世界を滅ぼす魔女とはいえ、『神の力』を持つわたしには敵《かな》わないんだから。逃げようだとか妙な気起こさないでよね」

大司教に案内され、満月《みつき》はアントーサの敷地《しきち》内を進む。ステラも大人しくその後を追った。

夜はまだ明ける気配がない。

満月《みつき》を問い詰めるのは、ひとまず状況が落ち着いてからだな、と俺は思った。

二章　異世界に来たんだから異世界らしいことをしないと、と満月は言った。

アントーサの学生寮に貴賓室があるのを俺は初めて知った。

魔女脱走の急報を受け、深夜にアントーサに駆けつけた満月《みつき》は、学生寮に部屋を用意してもらったらしい。

貴賓室、という名が示す通り、生徒たちの四人部屋とはまったく違う。広々とした間取りに、一人用の大きなベッド、応接セットやシャワー室まである。

「それでは救世女様、お休みなさいませ」

大司教率いる修道女の一団が、満月《みつき》とステラを残して退出する。

パタン、とドアが閉じられ、一団の足音が遠ざかるなり、

「キモオタっ！」

ぱっと振り向いた満月《みつき》がステラから杖《つえ》を奪い取った。

「あっ」とステラが声を上げるが、満月《みつき》は俺を持ったまま室内を歩く。

「ねえ、この杖《つえ》に入ってるって本当？」

「本当だよ」

「うわっ、マジで杖《つえ》から声がする！　スピーカーの穴どこ？」

「スマホじゃねえんだから。俺の感覚的には杖《つえ》の丸い部分が頭だな」

「じゃあ、ここはどこ？」

満月《みつき》は杖《つえ》に人差し指を当てる。

「左の眉毛の辺りかな」

「ここは？」

「鼻」

「ここは？」

「……口」

満月《みつき》の指が俺の唇の部分に当たっている。……ヘンな気分だ。

俺の心中を察しているのかいないのか、満月《みつき》は俺の唇を指でなぞる。

「おい、やめろって」

「なんで？　キモオタだから、これだけで興奮する？」

「興奮というか……いつの間におまえは俺をベタベタ触るようになったんだ？」

「あんたが杖《つえ》だからに決まってるでしょ。人間だったらこんなことしないし」

「そうか……。でも、中身は俺だからあまり触らないでほしいんだが」

「女子に触られて悦《よろこ》ばないなんて、キモオタも生意気に——」

「ふしだらなことはやめてっ‼」

ステラの悲鳴にも似た叫びが響いた。

銀髪の少女が拳を握り、全身を震わせている。

「オタクを返して」

ひどく傷付いたような表情でステラは言った。

満月《みつき》がふん、と鼻を鳴らす。

「『返して』はこっちの台詞《せりふ》なんだけど。キモオタはわたしの幼馴染《おさななじみ》で同級生だったの。あんたこそキモオタを我が物顔で持ってるんじゃないわよ」

「満月《みつき》、ステラに杖《つえ》を返してやってくれ」

「は？」

ギロ、と満月《みつき》が俺を見下ろした。

瞳孔の開いた、刺すような眼差《まなざ》しが痛い。異世界に来る前、満月《みつき》がこんなヤンデレじみた目をすることはなかったのに。どうしちまったんだ？

以前と違う満月《みつき》に戸惑いつつも俺は言う。

「この世界で俺はステラの杖《つえ》なんだ。念のためにこの世界の常識を教えておくと、杖《つえ》は聖法《せいほう》を発動するための必須アイテムで――」

「うるさいわよ、キモオタ。異世界の設定なんて興味ないわ」

「満月《みつき》っ！」

俺が声を張り上げると、満月《みつき》の動きが止まった。

「俺はステラの精霊になると約束した！　精霊と人は一心同体だ。ステラが悲しいなら俺も悲しいし、ステラが困るなら俺も困る。――満月《みつき》、俺のためにステラに杖《つえ》を返してくれ」

俺の真剣さが伝わったのか、満月《みつき》が俯《うつむ》く。

ぎゅっと満月《みつき》が杖《つえ》を握るのを感じた。

「……こんな杖《つえ》、いらないわよっ」

カンッ、と満月《みつき》が思いきり俺を床に叩《たた》きつけた。

「痛てっ」

「オタク……！」

転がった俺をすぐさまステラが拾いに来る。

満月《みつき》は室内の奥にあるベッドに向かいながら言った。

「わたしはあんたたちが脱走したせいで、叩《たた》き起《お》こされてここに来たの。これ以上、わたしの睡眠を邪魔したら許さないわよ」

「待て、満月《みつき》」

「何よ？」

「寝る前に一つだけ訊《き》かせてくれ。おまえはどうして異世界に転生してきたんだ？」

ピタっと満月《みつき》の足が止まる。

俺は工事現場から落ちてきた鉄パイプにぶつかって、転生した。

（まさか満月《みつき》も、事故とかで死にそうになったから転生したんじゃ……？）

不安を覚える俺の前で、満月《みつき》は背中を見せたまま言った。

「……知らないわよ」

「え？」

「気付いたら異世界にいて、女神様に魔女を殺したら元の世界に戻してあげるって言われたのよ！」

「っ……！」と息を詰めたのはステラだ。

女神が自分の命を狙っている事実はやはり、彼女にとってショックらしい。

「じゃあ、おまえが大怪我《けが》をしたとかじゃないんだな？」

「はっ、ドンくさいキモオタと違って、わたしは鉄パイプなんかに当たらないわよ」

「それならよかった」

満月《みつき》の肩が震えた。

チッ、と舌打ちをして彼女はベッドに潜り込む。

「……キモオタ、あんたわたしの寝顔見たら殺すから」

「わかったよ。おやすみ」

それっきり満月《みつき》は沈黙した。

耳を澄ましていないと聞き取れないほどの微《かす》かな寝息が聞こえてくる。

ベッドの枕に流れる黒髪を見て、俺はこっそりとため息をついた。

（まさか異世界で満月《みつき》に逢うとはな……。しかも、なんだか属性が変わってるし）

そこまで考え、俺ははっと閃《ひらめ》いた。

（女神が言っていた『愉《たの》しい趣向』って、これのことか！）

俺の幼馴染《おさななじみ》を救世女にして、ステラを殺させようとする。俺はステラと幼馴染《おさななじみ》の板挟みになり、手出しができないというわけだ。腹黒女神がいかにも悦《よろこ》びそうな展開である。

俺はステラを見た。

彼女は俺を抱えたまま、貴賓室に所在なげに立っている。

満月《みつき》が現れてからステラは妙に言葉数が少ない。いろいろなことがありすぎて疲れたのかもしれない。

「ステラ、俺たちも寝よう。明日に備えるんだ」

今夜、アントーサから脱出する計画は失敗した。

満月《みつき》が寝ている隙に逃げる案もなくはないが、その場合、アンリやフィーナの処遇が気に掛かる。脱獄を手伝った二人が罰せられる可能性があるのに、一人で逃げるなんてステラは絶対にしないはずだ。

「……明日、何があるか、あんた知ってるの？」

「裁判だろ」

「そこでわたしは死刑になるんだって」

「まだ判決が決まったわけじゃない」

「でも、魔法を使ったら、絶対に死刑だって」

「諦めるにはまだ早い。……一つだけツイてるのは、大司教よりも偉い救世女が見知らぬ他人じゃなくて、俺の幼馴染《おさななじみ》だってことだ」

それを利用して、ステラの死刑判決を変えられないだろうか。

国軍から逃げて裁判を回避するよりも、そっちのほうがいい。上手《うま》くいけばステラは無罪放免だ。

ぎゅっとステラが俺を握った。

「ステラ……？」

「あの人が、前にあんたが言っていた幼馴染《おさななじみ》？」

「そうだ。俺がツンデレに目覚めたきっかけの幼馴染《おさななじみ》だ」

ぼふっとステラは倒れるようにソファーに座り込んだ。

「……そう、よかったじゃない。会いたかった人に会えて」

底抜けに明るい声だ。顔を背けているし、無理して言っているのがよくわかる。

「ステラ、言っておくが、俺と満月《みつき》は――」

「幼馴染《おさななじみ》なんでしょ？　あんたがつんでれ好きのド変態になるくらい、あんたはあの人と一緒にいた。違う？」

「……それはそうだが……」

「しかも、あの人は救世女サマ。女神様の祝福を受けられて、みんなに崇《あが》められてて、大事にされている。……何も言うことないじゃない」

ポタ、と水滴がソファーに落ちた。

「わたしがいなくなっても、あんたには救世女サマがいるから大丈夫ね」

「ステラっ！」

叫んでも、ステラは頑《かたく》なにこっちを見ない。

「関係ないだろ、救世女だとか魔女だとか。俺と満月《みつき》は確かに幼馴染《おさななじみ》で長い付き合いだが、それと俺がステラを好きだってことはまったく別物だ！　俺はステラ最推し！　ステラのことが宇宙で一番大好きだっ！」

いつもならステラはここで照れる。

真っ赤になって、挙動不審になって、俺を振り回したりして、必死で取り繕う。

だけど今は、

「……っ……うっ……」

押し殺した嗚咽《おえつ》。

ポタポタとソファーに水滴が落ちていく。

強がることもできない彼女に俺の胸は締め付けられた。

「ステラがいなくなって大丈夫なわけないだろ。俺はステラの精霊だ。ステラとずっと一緒にいる。そこは譲らないからな」

急に抱きつかれた。

ステラの身体《からだ》の温かさを感じる。顔に当たる部分を柔らかい銀髪がくすぐり、仄《ほの》かに女の子らしい香りがする。

少女の嗚咽《おえつ》は止まらない。

「……オタクっ……バッカじゃないの。わたし、死刑になるかもしれないのに……バカっ、バカバカバカ……！」

力いっぱい俺を抱き締めてくるステラ。

明日死ぬかもしれないという恐怖、信じていた女神に断罪された絶望、脱獄に友人たちを巻き込んでしまった罪悪感……幼い少女が背負うにはあまりに大きすぎる。せめて、せめて俺と二人でいるこのひと時だけは安らいでほしい。

体温もない杖《つえ》のくせに、俺はそう願わずにはいられなかった。

＊＊＊

翌朝。

「……チッ」

舌打ちが降ってきて、俺は覚醒した。

今、俺はステラと一緒にソファーに横になっている。ステラは昨夜、俺を抱き締めたままソファーで寝たのだ。

まさしく目の前には、すうすうと寝息を立てているステラの顔がある。銀色の長い睫毛《まつげ》、柔らかそうな唇、あどけない寝顔……推しの尊いシーンだ！　脳裏に焼きつけろ！

俺がステラの寝顔をガン見していると、満月《みつき》が遠ざかっていく気配がした。

俺が何も言わないから寝ていると思ったのだろう。

どこへ行くのか目で追うと、

「ふう……」

シャワー室の前で満月《みつき》がセーラー服の上着を脱いだ！

（え！　ちょ！）

俺が慌てふためいている間に、満月《みつき》はスカートも脱いでしまう。

（おおう、派手な下着だ……）

見てしまったことよりも、その事実に意識を持っていかれた。

満月《みつき》が身に着けていたのは黒いレースの上下セットだった。一見、背伸びしているような大人っぽさだが、満月《みつき》の艶《つや》やかな黒髪に合っている。

なんだか自分の知らない満月《みつき》がそこにいる気がした。

満月《みつき》は長い髪を括《くく》ると、そのままブラジャーのホックを外し、

「ま、待て満月《みつき》！　脱ぐならもっと隠れて――」

さすがにこれ以上はアウトだ、と思って俺は声を上げた。

はっと満月《みつき》が振り向く。

彼女は鬼の形相でこっちを見てきた。

「このエロ猿、起きてるなら言いなさいよ……！　わたしが脱ぐのを黙って見てるなんて卑劣だわ！」

「いやだから、マズいと思ったから声を掛けたんだろっ」

声を掛けずに目を逸《そ》らしておくのが正解だったか、と思ったが、目を逸《そ》らし続けられる自信はない。言って正解だ。

「キモオタの分際で、わたしのハダカを見ようなんて百年早いのよ」

壁に立てかけてあった竹刀を満月《みつき》が取り、小さく唱えた。

「《デウス・エスト・モルス》」

竹刀に黒いエネルギーが纏《まと》わりつく。『神の力』だ！

「ま、待て、満月《みつき》！　『神の力』をそんなことに使うな……！」

「どう使おうとわたしの勝手でしょ！　天誅《てんちゅう》っ！」

黒い竹刀を満月《みつき》は振りかぶる。

（マズい！　ものすごくマズい！）

何がマズいって、今俺は寝ているステラに抱かれている状態なのだ。俺を斬るなら、ステラにも危害が及んでしまう。

俺は渾身《こんしん》の力で叫んだ。

「ステラ、結婚してくれー‼」

「ふぁっ⁉」とステラが覚醒し。

「はあ⁉」と満月《みつき》の動きが止まった。

ステラは満月《みつき》が竹刀を振り上げているのを認めるや否《いな》や、瞬時に飛び起き、満月《みつき》から距離を取る。ここまでは俺の想定通りだ。

誤算があったのは満月《みつき》のほうである。

彼女は竹刀を掲げたまま、ぶるぶると震えていた。ステラと俺を凝視する目が血走っている。

「結婚って何……？　異世界では杖《つえ》とでも結婚できるわけ？　昨夜キモオタが一心同体って言

ってたのはそういうこと？　魔女ステラとキモオタはとっくに結婚を前提としたお付き合いをしてたってこと……？」

俺は内心で頭を抱えた。ステラを起こすために言った台詞《せりふ》で、満月《みつき》のヤンデレまで呼び覚ましてしまうとは。二次災害だ。

「や、異世界でも杖《つえ》とは結婚できないんじゃないか？　なあ、ステラ？」

「精霊と結婚した事例はあるわ。そんなことも知らなかったわけ、バカオタク」

突き放すようにステラに言われてしまった。ええ、と俺は新事実に驚く。

「なんで陰キャ童貞の非モテキモオタが銀髪ロリ美少女と結婚するのよ……。そんなの許されるわけないでしょう⁉　結婚式の絵面なんて見られたもんじゃないわ！　わたしは絶対に祝福しないわよ！」

ぶん、と黒い竹刀を振り回し、満月《みつき》はステラと俺に襲いかかる。『神の力』を纏《まと》った竹刀は部屋の壁だろうが容赦なくぶち抜いてしまう。壁が斬撃の形に斬り抜かれ、朝の少し肌寒い風が吹き込んできた。

「うわわわっ！」

ステラは傍《そば》にあった高価そうな調度品を盾にして逃げ回る。ガチャン、と花瓶が割れ、テーブルやイスが吹っ飛ばされた。

突如、ガチャっと部屋のドアが開く。

「救世女様、ご無事ですかっ！」

物々しい音がしたから有事だと思われたのだろう。

踏み込んできた兵士たちは、荒ぶる満月《みつき》を見て唖然《あぜん》とする。

「ちょうどいいとこに来たわ！　こいつはキモオタのくせにロリ美少女に手を出す犯罪者よ。逮捕して！」

「はあ……」

わけのわからないことを言い出す救世女に、兵士たちは困惑して顔を見合わせた。


「どうしてこんなことになったの？」

ステラは寮を出たところで呆《あき》れたように言った。

満月《みつき》が暴れ回って酷《ひど》い有様《ありさま》になった貴賓室は、修道女の皆さんが片付けてくれるらしい。満《み》月《つき》とステラは風通しのよすぎる部屋から追い出されていた。

セーラー服のスカーフを撫《な》でつけながら満月《みつき》は言う。

「キモオタがわたしの着替えを覗《のぞ》いたのよ。制裁を与えるのは当然でしょう？」

「『神の力』を使うのはやりすぎだと思うがな」

ギロリ、と満月《みつき》がこっちを睨《にら》んできた。

しっかり見てしまった手前、俺はこれ以上何も言えない。

「オタク、あんた本当に救世女様の着替えを覗《のぞ》いたの？」

「わざとじゃないんだ！　幼馴染《おさななじみ》が大人っぽい黒レースの下着を着けていたら誰だって戸惑うだろ⁉　それを目にしてしまった以上、俺にストップをかける余裕はなく――」

「このド変態っ！　節操なしっ！　昨夜はわたしが一番とか言っておきながら、よくもふしだらなことを考えられたわね！」

ステラは石畳に俺をぶつけ始める。痛いけど、それ以上にステラの拗《す》ねている顔が可愛《かわい》い……と思っていたら、不意にステラの動きが止まった。

「なんであんたがキモオタを叩《たた》くのよ」

満月《みつき》が竹刀で俺を受け止めていた。

ステラはムッとして満月《みつき》を見る。

「わたしの杖《つえ》をわたしがお仕置きして何か問題があるわけ？」

「あるわね。それはあんたの杖《つえ》じゃなくてわたしの幼馴染《おさななじみ》だから」

二人の視線がバチバチとぶつかり合う。

放っておくとまたさっきの二の舞になりそうだ。仲裁に入ろうか俺が思案していると、

「救世女様、罪人二名を連れて参りました」

国軍の兵士たちが現れた。

兵士に護送されて来たのは――

「フィーナ、アンリ！」

ステラが声を上げる。

フィーナは甲冑《かっちゅう》姿の兵士たちに囲まれ、すっかり身を縮こまらせていた。アンリは相変わらずの無表情で何を考えているのかわからない。

「ご苦労」

満月《みつき》が偉そうに声をかけるなり、兵士たちは敬礼して去っていく。

この場には四人の少女が残った。

ステラは警戒するように、フィーナは怯《おび》えるように、アンリは平然と満月《みつき》を見つめている。

三対の視線を受けて、満月《みつき》は胸を張った。

「さあ、全員揃《そろ》ったことだし、学校へ行くわよ！」

（は？）

疑問に思ったのは俺だけじゃなかったようだ。

ステラもフィーナもアンリもヘンな空気になる。

「学校……？」

「裁判は学校で行われるのですか？」

「拘束もなしに学校へ行っていいの？」

「今日、裁判はないわ」

「「「ええっ!?」」」

少女三人の声が重なる。

俺もびっくりだ。今日が裁判だと昨日は聞いていたのに。

満月《みつき》は肩を竦《すく》める。

「そんなに驚くこと? 裁判は延期にしたのよ」

「延期にしたって、満月《みつき》がか?」

「そうよ。大司教たちはいい顔をしなかったけど押し切ったわ。救世女のわたしにはそれだけの権限があるの」

「みたいだな……」

朗報だ。これでステラたちが今日、死刑になることもない。

裁判がないとわかって、フィーナは「ふううー」と大きく息をつく。ステラの表情が和らぎ、アンリも緊張が解けたようだ。

だが、俺はまだ安心できない。

「それで、おまえは何のために裁判を延期させたんだ?」

わけもなく裁判を延期するはずがないのだ。満月《みつき》が何を考えているのかわかるまでは、手放しには喜べない。

満月《みつき》は余裕そうに、肩にかかる黒髪を手で払ってみせた。

「せっかくだから、異世界転生を楽しみたいじゃない」

「何だって？」

「もうわたしはいつだって元の世界に帰れるの。魔女ステラは監視下に置いているし、裁判は好きなときに開ける。魔女ステラを殺したら自動的に元の世界に帰れるんだから、焦《あせ》ることないでしょ？」

「間違ってはないな」

「だったら、異世界に来たんだから異世界らしいことをしないと」

「異世界らしいことって？」

「決まってるじゃない。魔法よ！」

満月《みつき》は遠くに見えるアントーサの校舎を竹刀で指す。

朝の始業時間前だ。寮の玄関からは登校する生徒たちがわらわらと出て来て、校舎へ向かっていく。皆が皆、ローブを纏《まと》い、杖《つえ》を手にした姿だ。

それを見て満月《みつき》の目が輝く。

「魔法学校……本当にこんなものがあるなんてね。映画の中みたいだわ！　あそこで魔法を習えるんでしょう？　わたしも練習したら魔法使いになれたりして。こんな楽しそうなの、体験しないで元の世界に帰れるわけないでしょう⁉」

「……満月《みつき》、大事なことだから言っておくが、魔法じゃなくて聖法《せいほう》だ。そして、魔法学校じゃなくて聖女学園だ」

「どっちでも同じだわ」

「違うんだよ。同じだったら、魔法を使ったステラが処刑されそうになっているはずがないだろ」

「知らないわよ、その子が処刑されそうになってる理由なんて」

満月《みつき》の言葉にステラが震えた。

俺としても聞き逃せる台詞《せりふ》ではない。

「満月《みつき》、おまえは理由もわからずステラを殺そうとしているのか――？」

「っ、しかたないでしょ！　女神様にその子を殺したら元の世界に帰すって言われてるんだから。殺すしかないじゃない」

らしくない。

満月《みつき》は全国優勝するほどの剣道女子であると同時に、校内では成績上位者の常連だ。決して脳筋ではない。善悪の判断はつくし、自分の意見だって持っている。

女神の言いなりになって脳死で行動するなんて、まったく満月《みつき》らしくない。

俺が黙ったのを納得したと受け取ったのか、満月《みつき》は少女たち三人に言う。

「いざ、魔法学校へ出発！」

「だから、聖女学園だよ」

俺のツッコミを満月《みつき》は無視した。

意気揚々と歩き出したセーラー服の少女を、ステラたちは困惑しながらも追ったのだった。


「救世女様」

四人が校舎に入ったところで、満月《みつき》はハミュエルに声を掛けられた。

「あ、兵士の偉い人」

（おい……）

あまりの呼び名にステラたちがぎょっとする。

が、ハミュエルは穏やかに苦笑を浮かべただけだった。

「学園長先生には今回の救世女様の視察の件、ご快諾いただきました」

視察……満月《みつき》が聖女学園で過ごすことを言っているのだろう。

「当然よね。救世女のわたしが望んでるんだから」

「つきましては、裁判が終わるまで私たちが救世女様の警護に就かせていただきます」

「仰々しいことはいらないわよ。自分の身は自分で守れるわ」

「そう仰《おつしや》らずに、最低限の警護だけはさせてください。救世女様がオラヴィナに現れたのは実に五百年ぶり。貴女様《あなたさま》は替えの利《き》かない存在ですから」

「……何なのよ、その救世女って」

自分で言っておきながら、満月《みつき》も救世女というものをきちんと理解しているわけではないらしい。

「聖典では、世界に重大な危機が訪れたとき、女神様がそれを解消するために救世主、もしくは救世女と呼ぶ人間を遣わすそうです。女神様から『神の力』を授かり、女神様の代理として救世主や救世女は世界を平和に導くとされています」

「『神の力』なら確かにもらったわ」

「大司教様もそれをお認めになったので、救世女様とお呼びしているのです。どうか救世女様、世界をお救いください」

恭《うやうや》しくハミュエルは目を伏せる。

満月《みつき》はふん、と鼻を鳴らした。

「……警備は勝手にして。わたしも勝手にやるから」

「心得ました」

ハミュエルを置いて満月《みつき》はさっさと歩いていく。

フィーナとアンリもその後に続くが、ステラだけはすぐに動かなかった。物言いたげにハミュエルを見つめる。

「……あの、ハミュエル様――」

「キミの身柄は救世女様が預かることになった。私が口出しすることではない」

ハミュエルはステラを一瞥《いちべつ》もせずに言った。

ステラが俯《うつむ》く。

「……昨夜は魔法で攻撃してしまってすみませんでした」

「謝罪するくらいなら使わないでもらいたかったな」

苦々しく吐いたハミュエルに、ステラがはっとした。今の言葉はハミュエル個人としての本心だ。

「どれだけ立派な志を謳《うた》おうとも、魔法を使った時点で正義は失われる。キミはわかってて魔法を使ったんじゃないのか？」

「……わたしは――」

「何やってるのよ、ステラ！」

離れたところから満月《みつき》がこっちを振り返っている。ステラがいないのに気付いたらしい。

ステラはハミュエルにペコ、と一礼した。

「失礼します」

「〈女神の杖《オブテイ・バクルス》〉が魔女の隊員を受け入れることはありえない」

すれ違いざまにハミュエルは言った。

「たとえ、どんな事情があってもだ」

「――」

ステラは言葉を返すことなく、満月《みつき》の元へ駆け出した。

(……ステラ)

俺は彼女の表情を見ようとしたが、噛《か》み締《し》めた唇しか見ることは叶《かな》わなかった。

「ふーん、魔法学校といっても教室は普通の学校と変わらないわね」

ステラたちの教室で、満月《みつき》は室内を見渡しながら言った。

他のクラスメートたちは救世女を畏れるあまり、教室の隅で固まっている。

「あの方が救世女様……!」

「なんてお綺麗《きれい》な方なのかしら!」

「見ているだけで女神様のご加護が得られそうだわ」

クラスメートたちの囁《ささや》き声《ごえ》を聞きながら、満月《みつき》は「ふう、救世女も芸能人みたいで大変ね」

と満更でもなさそうに言っていた。

「で、これって席は決まってるの?」

ステラが眉をひそめる。

「え。あんた、もしかしてわたしたちと同じ授業を受けるつもり？」

「そうよ」と満月《みつき》。

「救世女様の年齢は――」

アンリが口を挟んだとき、満月《みつき》が口を尖《とが》らせる。

「救世女様はやめて」

「え？」

「同じ授業を受けるんだから、満月《みつき》でいいわよ」

「ミツキの年齢は二年生には見えない。授業を受けるならもっと上の学年が適正では？」

アンリは救世女相手にも無表情で話す。

「確かにみんなわたしより年下みたいだけど、わたしは聖法《せいほう》を使ったことがない初心者なの。だから学年は下のほうがいいわ」

それに、と満月《みつき》は続ける。

「わたしには魔女ステラの監視という大事な役目があるの。魔女を逃がしたら、わたしは元の世界に帰れないんだから。授業中も目を離さないわよ」

ステラたち三人が複雑な表情になった。

「それで、ステラの席はどこ？」

「……ここ」

「じゃあ、わたしはその隣にするわ」

「あの……そこ、あたしの席です……」

「わたしは救世女よ。譲りなさい」

「はい……」

満月《みつき》はフィーナをどかして席に着く。

それを合図にクラスメートもだんだん満月《みつき》に近寄っていき、瞬《またた》く間《ま》に満月《みつき》は生徒たちに囲まれることになった。


満月《みつき》が他の生徒たちと交流している最中。

フィーナがステラの席にこそこそと寄ってきた。

「裁判が延期されてよかったですね、ステラさん」

フィーナはいつものように屈託のない笑顔を向けてくる。さっきまでは満月《みつき》がいたから、緊張して喋《しゃべ》れなかったようだ。

ステラはそんなフィーナを睨《にら》みつけた。

「あんた……どうして昨夜わたしのとこに来たのよ。脱獄には関わらないはずだったんでしょう⁉　余計なことをしなければ、あんたは罪に問われなかったのに……！」

フィーナは、えへへ……と頬をかいた。

「えーっとですね、昨晩のこと、ちょっぴり後悔してます。今日にはお父さんやお母さんにも連絡が行くと思いますし、あたしも死刑にはなりたくないので——」

「当たり前よっ！　死刑になったらどうするのよ。家族のことだって……わたしは知らないわよ。あんたが勝手にやったことなんだから。わたしのせいにしないでよね！」

震える声に、怒ったような口調。机の上には握り締められた拳がある。……なんて不器用なツンデレだ。自分のせいだと思っているのはステラ自身なのだ。言葉とは裏腹に、ステラはひどく罪悪感を覚えている。

ステラさん、とフィーナはその拳を取った。

「最初はあたしも参加しないつもりでした。でも深夜、校舎から爆発音が聞こえてきて、気付いたら寮を飛び出していたんです」

伏せたフィーナの目は、よく見ると充血している。真夜中まで、フィーナはステラのことが気掛かりで眠れなかったのかもしれない。

「ステラさんを見捨てることはできなかったです。あのときステラさんを助けに行かなかったら、絶対もっと後悔してました。家族のことも大事ですけど、大親友のステラさんのことも大事ですから」

「ばっ、バカよ。バカバカカっ、バッカじゃないの！」

ステラはフィーナの手を解くなり、背を向けてしまった。

フィーナにも真っ赤になったステラの耳が見えてるだろうか。

「私も後悔はしてない。私がクソザコに協力したかったから協力しただけ」

アンリもステラの席までやってきて言った。

ステラがため息をつく。

「……あんたにも謝らないといけないわね。せっかく脱獄を手引きしてくれたのに……」

「救世女が出てくるのは想定外だった。私たちの計画が甘すぎた」

そう言われても自分を責めて気に病んでしまうのがステラだ。彼女は思案げに目を伏せる。

そこでステラがはっとした。

「クインザは⁉　クインザはどうなったの⁉」

少女たち三人は教室に目を走らせる。

教室にクインザの姿はない。クインザがいつも座っていた席も空席だ。

ステラは隣にいる満月《みつき》に声をかけた。

「ちょっと、ミツキ。あんた、クインザがどうなったのか知らない？」

魔女のステラが話しかけてきたことで、満月《みつき》に群がっていた生徒たちが一斉に引いた。クラスメートたちは触らぬ神に祟《たた》りなしと思っているのか、ステラと目も合わせない。

満月《みつき》は眉を寄せた。

「クインザって誰？」

「昨夜、大司教様に喉を焼かれた赤髪の子よ」

「ああ、あの子なら寮の医務室にいるわ。もう喋《しゃべ》れる状態じゃないから本来なら退学なんだけど、裁判が終わるまではそこで療養することになってるわ」

ステラたち三人は絶句していた。

満月《みつき》はすぐに顔を戻して他のクラスメートとのお喋《しゃべ》りに興じてしまう。

「……そんな、クインザが退学だなんて……」

「詠唱できないなら聖女にはなれない。退学は妥当」

「で、でも、クインザ様なら名門フランツベル家なので、退学になることはないのでは――」

「フィーナは知らないのね。クインザは落ちぶれた男爵家と養子縁組されて、フランツベルじゃなくなったのよ」

「え」

三人に沈黙が下りる。

横からは他の生徒たちが満月《みつき》をチヤホヤする声が聞こえてきていた。

「……あ、あははは、クインザ様までそんなことになってしまうなんて、あたしたちの死刑はもう確定なんですかね……」

泣き笑いになるフィーナ。

ステラもアンリも沈痛な面持ちで答えない。

暗くなる空気の中で、俺はこっそりと声を出した。

「いや、待て。諦めるにはまだ早い」

三人の視線が俺に集中した。

「俺はみんなの死刑を回避する方法を思いついたぞ」

「うわあっ、オタク様、さすがです！」

「もったいぶらないで早く言いなさいよ」

「まず大前提として、ステラの罪状と、フィーナ＆アンリの罪状は違う。そうだな？」

ステラが死刑になるのは魔女だからだ。一方でフィーナとアンリは魔女を助けたため死刑になる。確かそうだったはずだ。

三人が頷《うなず》いたのを見て、俺は話を進める。

「つまり、ステラが無罪になれば、必然的にフィーナとアンリも無罪になるわけだ。二人が助けたのは魔女じゃなく、無実の人間ってことになるからな」

アンリが顎に手を当てた。

「道理には適《かな》っている」

「でも、わたしが無罪になるなんて……」

ステラは弱気だ。女神に魔女と断罪されただけではなく、ステラ自身にも魔法を使った自覚があるのだ。

「無罪を勝ち取る方法ならあるぞ。満月《みつき》とステラが友達になればいいんだ！」

「はあ？」

ステラが素っ頓狂な声を出す。

フィーナとアンリも怪訝《けげん》そうだ。

「オタク、あんた冗談を言っていいときと悪いときの区別もつかないの？」

「冗談なんか言ってないぞ。考えてみろ。救世女の満月《みつき》は大司教以上に絶大な発言権を持っている。つまり、満月《みつき》がステラを処刑したくないから無罪にしよう、と言ったら、そうなる可能性がある」

裁判の延期にしろ、ステラを満月《みつき》の監視下に置くことにしろ、すべて満月《みつき》の一言で決まっているのだ。

この世界で救世女の満月《みつき》に逆らえる人はいない。

「満月《みつき》はこの世界の人間じゃないから、魔女は殺すべき、という固定観念はない。女神に言われたから、ただステラを殺そうとしているだけだ。そこに満月《みつき》の意思も信念もない」

だったら、満月《みつき》の意見を変えるのもそう難しくはない。

「誰も友達を処刑なんかしたくないだろ？　ステラと満月《みつき》が友達になってしまえば、必然的に満月《みつき》はステラの死刑に異を唱えるはずだ」

「あんたの言いたいことはわかったけど、どうやってミツキと友達になるのよ。わたし、彼女と仲良くなれる気がしないんだけど」

わかっている。俺だって、ステラが友達を作るのが致命的に下手なのは十分理解している。

「とにかく、満月《みつき》と一緒に生活することだな。長い時間を過ごせば、ステラがいい子だってのは絶対にわかるはずだし」

「あ、それは同感です。冷たく振る舞っていますが、ステラさんは優しいですよね」

「嘘《うそ》が下手。すぐバレる」

「あ、あんたたちねえ……！」

照れたステラは頬を膨らましている。

「フィーナとアンリも、満月《みつき》の学園生活が満足のいくものになるよう協力してほしい。満月《みつき》は聖法《せいほう》に興味があるから、裁判を延期してまで聖女学園体験をしている。聖女学園が楽しくてもっと通いたいと思ってくれれば、しばらく裁判が開かれることはないだろう。当然、死刑の執行も延ばせる」

ふむ、とアンリが頷《うなず》いた。

「ミツキがアントーサにいればいるほど、ステラと仲良くなる機会も増える。一石二鳥」

「わあっ、完璧な作戦ですね！」

パチパチとフィーナは手を叩《たた》いている。

「ちょっと、勝手に決めないでよ。わたしはミツキと友達になんてなれないわ。彼女はわたしを殺そうとしてるのよ？」

「大丈夫だ。俺がどんな手を使ってでもステラを守ってみせる」

「ばっ、あ、あんたなんかアテにならないわよ……。節操なしのオタクの言葉なんて信用できたもんじゃないわっ」

「そうか……ステラにやる気がないならしょうがないな……。残念だけど、フィーナとアンリには覚悟を決めてもらうしかなさそうだ。ステラが無罪になったら、三人とも死刑にならずに済むんだけどなあ。ああ、残念だなあ」

うっ、とステラが言葉に詰まった。

フィーナとアンリは俺の意図を理解しているのか、口を噤《つぐ》んだままだ。

やがてステラがぷるぷると震えながら言う。

「……しかたないわね。わたしの無罪のために、ミツキと友達になってやろうじゃない。ついでにフィーナとアンリの無罪も勝ち取ってあげるわよ。感謝しなさいよね！」

「ツンデレ万歳っ！　ツンデレ最高っ！」

「うるさい！」

＊＊＊

「さて、今日は皆さんお待ちかね、攻撃の高等聖法《せいほう》を教えたいと思います、アハッ」

黒いトンガリ帽をかぶったエイルーナ先生が、校庭で元気よく言う。

が、生徒たちは誰も歓声を上げようとしなかった。

ガチガチに緊張している生徒たちに、「おや？」とエイルーナ先生は首を傾《かし》げる。

「どうしました、皆さん？　あまり嬉《うれ》しそうじゃありませんね。今日はせっかく視察があるので、皆さんのテンションが上がるような授業にしようと思ったのですが……」

一緒に授業を受けているのは救世女に魔女。そして、それを遠くから見守るハミュエルと大司教たち。

生徒たちが緊張するには十分すぎる面子《めんつ》だ。エイルーナ先生がいくら手を尽くしても、この緊張は解けないだろう。

問いかけにも答えない生徒たちに、先生は小さく肩を竦《すく》めた。

「まあ、いいでしょう。では早速、授業に入ります」

「……小学生……？」

満月《みつき》がボソッと呟《つぶや》いた。

エイルーナ先生の容姿はどう見ても小学生だから、初見で戸惑うのも無理はない。

「聖法《せいほう》で攻撃するとき、最も使われる属性は『火』です。特に魔獣を倒すときには火の聖法《せいほう》が高確率で使われます。ところが、第二階級以上の魔獣に単一属性の火は効きません。そこで、火球をさらに強化する必要があります」

エイルーナ先生はローブを引きずりながら、藁《わら》の入ったカゴを校庭にいくつも並べた。

「まずは、教科書的なやり方です。――《火よ、在れ《イグナリア・ザイン》》《風よ、在れ《ウエナリア・ザイン》》！」

先生の杖《つえ》の先にバスケットボールくらいの火球が浮く。

「これは火の聖法《せいほう》に、適切な風を吹き込んで強化しました。強さはこの通りです」

火球をカゴの一つに放り込む。藁《わら》は激しく燃えて消えた。

エイルーナ先生は「こんなもんですかね」とつまらなさそうに言う。

「では、次。よく火が点《つ》くものを挙げられる人はいませんか？」

はい、とステラが反射的に挙手した。瞬間、彼女は「しまった」という顔になる。魔女であるステラが積極的に授業に参加するのを先生は嫌がるだろう、と気付いたのだ。

が、エイルーナ先生の対応はいつもと変わらなかった。

「はい、ステラさん」

にこやかに指名されてステラのほうがたじろぐ。

「え。あ……答えは油です！」

「正解です。――《火よ、在れ》《イグナリア・ザイン》《水よ、在れ》《アクアリア・ザイン》！」

　先生が再び杖《つえ》の先に火球を浮かべる。

「この詠唱では、火の聖法《せいほう》を油で強化しました。油は液体なので、水属性で作ることができます。さて、威力ですが――」

　ポイ、と先生は火球をカゴに投げ入れた。メラメラと藁《わら》はカゴごと燃え始める。

「さっきよりは強くなりました。が、まだ心許《こころもと》ないです」

　エイルーナ先生は杖《つえ》を掲げた。そうやって聖法《せいほう》を使っているところを見ると、小学生っぽさはまるでない。

「さあ、応用編行きますよ。――《火よ、在れ》《イグナリア・ザイン》《水よ、在れ》《アクアリア・ザイン》《風よ、在れ》《ウエナリア・ザイン》！」

　カゴの一つが炎の渦に巻かれて消し炭になる。前の二つと比べると、属性が追加されているからか、また一段上の威力だ。

「これはさっきの聖法《せいほう》を、さらに風で強くしたものです。こうやって適切な属性を重ねていくことで、聖法《せいほう》はどんどん強くなります」

　先生は次のカゴに杖《つえ》を向ける。

「そういえば、小麦粉がある一定の条件を満たすと激しく燃えるのは知っていますか？　小麦は大地から生まれているので、土属性です。さらに、そこに風を吹き込みます。――《火よ、在れ》《イグナリア・ザイン》《土よ、在れ》《テラリア・ザイン》《風よ、在れ》《ウエナリア・ザイン》！」

ボンッと音がして、カゴから盛大な炎が立ち昇った。生徒たちが悲鳴を上げる。

（粉塵《ふんじん》爆発か……）

こんな聖法《せいほう》の使い方もできるのか、と俺が感心していると、エイルーナ先生は杖《つえ》を一振りして火を消す。

「最後は先生が開発したとっておきです。何をイメージしたのかは皆さんで考えてみてください。──《火よ、在れ《イグナリア・ザイン》》《土よ、在れ《テラリア・ザイン》》《光よ、在れ《ルクサリア・ザイン》》！」

直後、鼓膜が破れるような爆発音と閃光《せんこう》が炸裂《さくれつ》した。

カゴは粉々に吹っ飛び、藁《わら》もカゴの断片も消し炭になって消えている。

（危ねえ！　爆弾かよ……！）

生徒たちが一様に身を竦《すく》める中、先生の愉《たの》しそうな声がした。

「このように火の聖法《せいほう》は組み合わせる属性によって様々な使い方ができます。皆さんもいろいろ研究してみてくださいね、アハッ」

「校庭の裏手にある池に第二階級の魔獣を作っておきました。一人一匹以上、倒して帰ってきてください」

実践演習としてエイルーナ先生は生徒に課題を言い渡した。

ここからはほぼ自由行動である。

クラスメートたちは我先にと風の聖法《せいほう》で飛び立った。

残ったのはステラとフィーナ、アンリ、満月《みつき》だ。

満月《みつき》は空を飛ぶ生徒たちを見上げ、「はあー……」と感嘆した声を洩《も》らしていた。

「この世界の人たちは全員空を飛べるの？」

満月《みつき》の質問にステラが答える。

「人によって上手下手はあるけど、ほとんどの人が飛べるわ」

「ミツキ様も飛んでみましょう！　大空を自由に飛ぶと、鳥になった気持ちがしますよ」

「蛇行飛行は自由に飛ぶとは言わない」

「うぅ、自由に飛べたらの話です！」

「飛行……魔法の定番よね！　どうやって飛ぶのか教えて」

満月《みつき》は興味津々《きょうみしんしん》のようだ。

「杖《つえ》に跨《また》って、《風よ、在れ《ウエナリア・ザイン》》と唱えるのよ」

「杖《つえ》……」

満月《みつき》は呟《つぶや》き、俺をじっと見た。

その視線に気が付き、ステラは杖《つえ》を守るように抱える。

「な、何よ」

「杖《つえ》を貸しなさい」

「はあ？」

　ステラの眉が跳ね上がる。

「あんたにはその杖《つえ》があるでしょ。どうしてわたしのを貸さないといけないのよ」

「これは杖《つえ》じゃなくて竹刀よ。竹刀に跨《また》がって飛べって言うわけ？」

　確かに、竹刀に乗って飛ぶのはビジュアル的にヘンかもしれない。

「だったら、職員室に行って杖《つえ》を借りてきなさいよ。無償で貸し出してくれるはずよ」

「なら、あんたも一緒に職員室に来てもらうわよ。わたしはあんたの監視役なんだから」

　早速、険悪な雰囲気になり始めるステラと満月《みつき》。

　あわわわ、とフィーナが泡を食って間に入り込む。

「あ、あのっ、ミツキ様！　あたしの杖《つえ》を使ってください！　救世女様に使っていただけたら、この杖《つえ》にも箔《はく》が付きます！」

「結構よ。わたしはステラの杖《つえ》を使いたいの」

　ムッとステラの表情が険しくなった。

「ミツキ、あんたの魂胆はわかったわ。何だかんだ理由をつけて、わたしからオタクを取り上げるつもりなのね。そうはさせな――」

「ステラ、ステラっ」

俺は見かねて口を挟んだ。

「何よ」

「満月《みつき》に杖《つえ》を貸してやってくれないか」

ステラの表情が揺れた。

「……は？　あんた、本気で言ってるの……？」

「一時的にだ。飛び終わったら、必ず返してもらう。このままだと満月《みつき》の機嫌が悪くなって友達作戦が破綻するぞ」

満月《みつき》は腕組みをして、こっちをじっと見てくる。その目がだんだん不機嫌そうに鋭くなってきていた。

「オタク様の言う通りです、ステラさん」

「少しの我慢で死刑を回避できるなら安いもの」

フィーナとアンリにも囁《ささや》かれ、ステラは「うう……」と覚悟を決めた。おずおずと杖《つえ》を満月《みつき》のほうに出す。

満月《みつき》がそれに気付いて鼻を鳴らした。

「やっと貸す気になったわけ？　はあ、あんたはその杖《つえ》に入っているのがどういう男か知らないのね。そいつは制服の下に美少女キャラがプリントされたTシャツを着るキモオタよ？　固執することなんかないじゃない」

「制服で見えないんだから何着てたっていいだろ！　てか、なんでおまえがそれを知ってるんだよ！」

「や、やっぱダメ……！」

何が彼女の決心を揺るがしたのか、杖《つえ》が満月《みつき》の手に渡る寸前に、ステラは杖《つえ》を引き戻してしまう。

最終手段で俺は言った。

「そうか、ステラはそんなに俺と離れたくないんだな。ツンデレ銀髪美少女に愛されて俺は幸せだー！」

「ちっ、違うから！　別にあんたと離れたくないわけじゃないわよ。ほらミツキ、杖《つえ》よ。受け取りなさい」

照れたステラはポイ、と杖《つえ》を放る。

満月《みつき》がそれをキャッチした。

初めからこうすればよかったな、と俺は思った。

「で、杖《つえ》に跨《またが》って何て唱えるんだっけ？」

満月《みつき》は早速俺を跨《また》ぐ。

（おおう……）

しなやかな白い太腿《ふともも》が俺を挟み込み、えもいわれぬ心地よさが押し寄せる。杖《つえ》になってよかった、と心から思える瞬間だ。

「あっ……！」とステラが声を上げた。

「ちょ、ちょっと、何やってるのよ！　そんな乗り方したら破廉恥――」

慌てて止めようとしたステラをフィーナとアンリが押さえた。

俺は「《風よ、在れ《ウエナリア・ザイン》》だ」と教えた。

満月《みつき》は唱える。

「《風よ、在れ《ウエナリア・ザイン》》！」

風が沸き起こり、俺たちは空高く舞い上がった。

校庭が遠ざかり、眼下にはアントーサの校舎やその周りに広がる森が見える。雲一つない青い空に浮いていると、心まで洗われていくようだ。これなら満月《みつき》も楽しいと思ってくれたに違いない。

「満月《みつき》、なかなか気持ちいいだろ？」

が、満月《みつき》は黙りこくって答えない。

どうしたんだろう？　と思っているうちに、満月《みつき》は高度を落とし、ふわりと着陸してしまった。

ステラもフィーナもアンリも瞬《まばた》く。

「ふん、どうしたの？　飛ぶのが怖くなってすぐ下りてきたってわけ？」

「ステラも最初飛んだときは怖がってただろ」

「うっ、そんなのすぐ克服したわ！」

「どうされたんですか、ミツキ様？　高く飛んだら疲れちゃいました？」

「空で何かトラブルがあったの？」

三人が次々と訊《き》く中、満月《みつき》はぽつりと言った。

「……意外と食い込むのね」

「「「え」」」

意表をついた発言に、俺たちの声が重なる。

「キモオタ、あんた、いつもはステラを乗せているのよね？　ステラの脚の間に挟まって『気持ちいい』とか言ってるわけ？」

「なっ、オタク、あんたまた変態発言を――！」

「違う！　俺が気持ちいいと言ったのは飛行したことについてだ。断じて満月《みつき》の太腿《ふともも》の感想を言ったわけではない！」

弁明するものの、満月《みつき》の瞳孔は完全に開いていた。不穏なオーラを全身から放ち、満月《みつき》は竹刀に手をかける。

「また変態発言……つまり、こういうことが何度もあったわけね。どうせステラもキモオタとベタベタして喜んでたんでしょう？　キモオタが入った杖《つえ》を渡したがらなかったのはそのせいだったのね……！」

満月《みつき》は口の中で小さく詠唱し、竹刀が漆黒に覆われる。マズい。満月《みつき》のヤンデレにスイッチが入ってしまった。

「わ、わたしはオタクに跨《また》ってなんかないわよ……！」

「嘘《うそ》をつくな――っ‼」

ステラの言葉は焼け石に水だった。

校庭中に響き渡る大音声《だいおんじょう》で満月《みつき》は怒鳴る。

「女子に免疫のないキモオタが、女の子の股に挟まって冷静でいられるわけがないわっ。キモオタが余裕だったのはステラ、あんたが何度も何度もキモオタといやらしいことをしていた証拠よ！　銀髪ロリ美少女だからって、よくもわたしの幼馴染《おさななじみ》を弄んでくれたわね――っ！」

満月《みつき》が地面を蹴って、ステラに襲いかかる。

俺はイチかバチか叫んだ。

「満月《みつき》っ、おまえの太腿《ふともも》は最高だったぞ！」

ピタリ、と満月《みつき》が竹刀を振り上げたまま静止した。

校庭に沈黙が流れる。

やがて顔を真っ赤にした満月《みつき》が口を開いた。

「………へ？」

ステラ、フィーナ、アンリの生温かい視線を感じたが、俺は覚悟を決めて言った。

「俺は女子の太腿《ふともも》に挟まれた経験はほとんどないからあまり比較はできないが、少なくともさっきおまえと飛んだときの感覚は至福のひとときだったぞ。白くすべすべの肌に適度な弾力、微《かす》かに甘酸《あまず》っぱい香りがして――」

「キキキキモオタっ、何語り出してるのよ……！　そんな恥ずかしいこと言わないで！」

満月《みつき》が頭から湯気を噴きながら叫ぶ。プシューという音が聞こえてきそうだ。

「あ、あんたがそんなによかったって言うんなら、また乗ってあげなくもないわよ。今度はもっと長く乗ってあげてもいいんだからね……」

『神の力』が消えた竹刀で彼女は地面に「の」の字を書いている。さっきまでの殺気は微塵《みじん》もなく、緩んだ口元からむしろ上機嫌なのが窺《うかが》える。

（転生前の満月《みつき》なら、恥ずかしがると素直になれなかったはずだが……。とにかくヤンデレの対処法がわかったぞ）

俺が手応えを感じている中、ステラは不機嫌そうに頰を膨らませていた。

エイルーナ先生から課題が出ている以上、いつまでも校庭に留まっているわけにはいかない。

ステラたち三人は校庭の裏にある池へ向かうべく、風の聖法《せいほう》を唱えた。が、

「くっ……《風よ、在れ》《ウエナリア・ザイン》、《風よ、在れ》《ウエナリア・ザイン》、《風よ、在れ》《ウエナリア・ザイン》……！」

ステラはやはり飛べなかった。周囲にはそよ風が吹くばかりである。

「オタク、あんたまだ調子悪いの？」

「そうなんだ。すまない」

はあ、と息をついて、ステラは飛ぶのを諦めた。

「フィーナとアンリは先に行ってて。わたしも走って行くから」

「援護したいけど、風の援護は私には無理」

「いいわよ、アンリ。気にしないで」

「ステラさん、池の近くで待ってますからね」

「はいはい」

アンリは流れるように飛び立ち、その後をフィーナが凄《すさ》まじい蛇行運転でついていく。

ステラは二人を見送るなり、校門に向かって走り出した。校庭の外にある池には、地上からだと校門を出て迂回《うかい》して行くしかない。

ステラの後ろを監視役の満月《みつき》が追いかけてくる。

「ねえ、なんであんた、飛ばないの？」

そう言う満月《みつき》は風の聖法《せいほう》を使って浮いている。

竹刀が杖《つえ》の役割を果たしているらしい。満月《みつき》は竹刀を持ったまま宙に留まっていた。

「飛べるものなら飛んでるわよ」

「飛び方を教えるとか言ってたくせに、自分は飛べないんだー」

「満月《みつき》、ステラは特殊体質で、生まれつき聖法《せいほう》が使えないんだ」

「嘘《うそ》でしょ⁉　聖法《せいほう》が使えないのに聖法《せいほう》の学校通ってるの？　それって無駄じゃない？」

「……無駄じゃない」

　ステラの声はあまりにも弱々しくて、到底満月《みつき》には届かない音量だった。

　どうしたんだ、ステラ、と俺は心配になったが、近日中に死刑になるかもしれないのに元気なほうがおかしいと気付いた。

　俺が代わりに満月《みつき》に返す。

「無駄じゃないぞ。だって、ステラは俺が入ってる杖《つえ》を使えば、聖法《せいほう》が使えるんだからな」

「……え？」

　満月《みつき》の表情が固まる。

「他の杖《つえ》はダメだけど、俺が入ったこの杖《つえ》だけはステラが聖法《せいほう》を使えるようになるんだ。ステラには俺が必要ってことだな」

「べ、別にあんたなんかいなくても平気なんだから」

　強がるステラは普段通りだ。そのことにほっとする。

「……何それ」

満月《みつき》が押し殺した声を出した。

「キモオタがいれば聖法《せいほう》が使えるって、そんなの……！」

——そんなの、運命じゃない。

微《かす》かにボヤいたのが聞こえた。息を荒くして走っているステラにはたぶん、聞こえていない。

(運命、か)

あまりそういうものを信じたことはないが、ツンデレ推しのオタクがツンデレ美少女の杖《つえ》に転生したのは偶然ではないんだろう。自惚《うぬぼ》れかもしれないが、俺でなければステラの精霊は務まらなかった。ステラのツンデレに対応するにはツンデレ愛が必須スキルなのだ。

「だからわたしはっ、オタクなんかいなくても、一人でどうにかできるって言ってるでしょ」

満月《みつき》のボヤきが聞こえていないステラは不機嫌そうに言う。

確かにステラは今、飛行するべきところを走っている。ステラの精霊としては情けない話だ。できることなら俺も彼女の役に立ちたいのに。

そうだ！　と俺は閃《ひらめ》いた。

「ステラ、風の聖法《せいほう》を唱えてくれ」

「何をするつもりなのよ」

「ステラの追い風を作るんだ。飛べないけど、それくらいならできるはずだ」

「……《風よ、在れ《ウエナリア・ザイン》》」

（同志風の精霊、聞いてるかー！　ツンデレ少女の背中を押せる絶好の機会だぞ！　今こそ力を合わせてツンデレ少女を助けるんだー！）

さわさわと風が吹くのを感じた。

走っていたステラが突然、耳を押さえる。

「んっ……なんか耳に風が……くすぐったい……」

「何だって⁉」

「オ、オタクでしょ、こんな破廉恥なイメージしたの！　吐息みたいな風、止めなさいよ！」

ステラの顔が赤くなり、足も遅くなっている。これでは逆効果だ。俺は精霊に呼びかけて風を止めてもらう。

「俺はステラの背中を押すのをイメージしていたんだが、くそっ、風の精霊、ステラの耳をフーフーするとか羨《うらや》まけしからん！」

「オタクの変態願望を精霊が汲《く》んでそうなっただけでしょ⁉　あんたのせいよ、あんたのせいっ！」

「ステラは耳が弱いのか～。新発見だな！　いつかまた試してもいいか？」

「ばっ、次またやったら許さないから！　覚えておきなさい！」

「おう！　ステラの弱点はしっかり覚えとくぞ」

「違うわよっ、覚えるのがちがーう！」

ブン、と突如、俺とステラの間に黒い竹刀が差し込まれた。

恐る恐るステラと俺が目を向けると、瞳孔が開いた満月《みつき》がいる。

「弱点になるなら、耳なんていらないわよね？」

ガチの声音だ。

ステラも俺も口を噤《つぐ》む。

物騒な気配を背後に感じつつ、ステラは黙って走り続けた。


ステラと満月《みつき》が池に着いた。

「はあ、はあ、お待たせ……」

走ってきたステラは息も絶え絶えだ。

浮いてきた満月《みつき》は涼しい顔をしている。

フィーナとアンリは池のほとりで出迎えてくれた。

「待ってた」

「普段、何気なく聖法《せいほう》を使っていますけど、ステラさんを見ると聖法《せいほう》のありがたみがよくわかります」

「ふんっ、わたしは少し前まで聖法《せいほう》が使えなかったから慣れてるわ」

「はわわっ、今のは決してステラさんをバカにしてるわけではなくてですね……」

「早くしないと授業時間が終わる」

アンリの一言で全員が池を見た。

湖かと思うくらい大きな池だ。水面は濁っていて、深さはわからない。

「ここに第二階級魔獣がいるの？　他のクラスメートは？」

「あたしたちが来たときには戦っていましたが、もうみんな課題を終えていなくなっちゃいました」

「あの第二階級魔獣は面倒。ただ高等聖法《せいほう》の火球を投げつければいいだけじゃない」

「エイルーナ先生の課題だから、そんなに甘くないとは思ってたけど――」

言っている途中で、ザバーっと池の水が盛り上がった。

「出ました、魔獣です！」

「ステラ、合同詠唱できる？」

「もちろん」

「じゃあ、火をお願い」

アンリはすぐさま戦闘態勢に入り、指示を出す。

盛り上がった池の水が割れ、大きな岩みたいな生物が現れた。

「うわっ、魔獣って言うから何かと思ったら、めっちゃ大きい亀じゃない！」

満月《みつき》の言う通り、人間くらい一口で呑《の》み込めそうな亀だ。ごつごつした甲羅には棘《とげ》が生えていて、戦闘力の高さが窺《うかが》える。

怯《ひる》むことなくステラは唱えた。

「《火よ、在れ《イグナリア・ザイン》》！」

（火の精霊、火球を頼む！）

杖《つえ》の先にビー玉くらいの火球ができた。

（火球は火球だけど、これしか出ないのかよ、火の精霊……！）

穴があったら入りたいレベルのひどさだ。自分の聖法《せいほう》がクソすぎてヘコむ。

次いでアンリが「《水よ、在れ《アクアリア・ザイン》》」と唱え、凍った油の塊が現れる。二つが融合し、火球はなんとかまともな大きさになった。

「ステラ、魔獣の頭を狙って」

「了解！」

ステラが火球を投げつける。が、魔獣は火球を前足で振り払ってしまった。

「ああっ、せっかく作った火球が！」

「……威力が弱い」

アンリがぼそっと言った。

「え？」

「危ないです、二人とも！　――鉄壁です、《土よ、在れ《テラリア・ザイン》》！」

ステラとアンリの前に鉄の壁が作られる。

同時に、やたらと長い亀の尾が飛んできて、壁を思いきり打った。壁がなければステラとアンリは薙《な》ぎ払《はら》われていただろう。

「助かったわ、フィーナ」

「ふう、間に合ってよかったです」

額を拭うフィーナ。

鉄壁の陰でアンリは淡々と言った。

「さっきの話に戻るけど、元の火球が弱いからダメージを与えられてない。これなら私が一人で高等聖法《せいほう》を使ったほうがいい」

「うっ……そうね。別々に攻撃しましょう」

「すまんな、二人とも」

アンリは鉄壁から顔を出し、唱えた。

「《火よ、在れ《イグナリア・ザイン》》《水よ、在れ《アクアリア・ザイン》》」

彼女の杖《つえ》の先に火球が生まれる。球の内側では炎が燃え盛っていて、ステラと合同詠唱したときよりも威力が高いのが窺《うかが》える。

アンリはそれを大亀に投げつけた。

またしても大亀は前足でそれをブロックしたが、前足は火傷《やけど》を負っていた。

「グオオオオオッ！」

火傷《やけど》して怒った魔獣は長い尾を振り回し始める。

「わわわっ……！　《火よ、在れ》《イグナリア・ザイン》《水よ、在れ》《アクアリア・ザイン》《風よ、在れ》《ウエナリア・ザイン》！」

（えーっと、火に油に風……！　亀を丸焼きにできる大きな火を熾《おこ》してくれー！）

俺が懸命にお願いするものの、ステラの杖《つえ》の先にはピンポン玉サイズの火球しかできなかった。さっきより少し大きくなったとはいえ、俺のイメージには程遠い。

「ええい！」

ステラが火球を投げつける。それは魔獣の尾に吹っ飛ばされて終わりだった。掠《かす》り傷すら付けられていない。

「くっ、高等聖法《せいほう》でこれ？」

ステラが悔しそうに歯噛《はが》みする。

アンリは続けざまに火球を放っているが、致命傷まではいかないようだ。魔獣の勢いはまったく弱まる気配がなく、フィーナの鉄壁にガンガン尾が当たっている。

「ねえ、わたしも攻撃してみてもいい？」

後方から満月《みつき》が言った。

「いいに決まってるでしょ！」

「大歓迎」

ステラとアンリの声が重なる。

今の戦況的に一人でも多く戦力はほしい。

うーん、と満月《みつき》は考え込んだ。

「今、火と油を混ぜて攻撃してるけど、全然効かないのよね……。だったらもっと燃えるものにしたほうがいいわね。アルコールとか……」

ぶつぶつ言っている満月《みつき》。

ステラが叫ぶ。

「何やってるの⁉　早く攻撃しなさいよ！」

「待って。ねえ、聖法《せいほう》でアルコールって作れるの？」

「あるこーる？　何それ⁉」

「満月《みつき》、聖法《せいほう》では具体的にイメージできるものはすべて作れるんだ！　アルコールは液体だから水属性でいけると思うぞ」

「じゃあ、いくわよ。――《火よ、在れ《イグナリア・ザイン》》《水よ、在れ《アクアリア・ザイン》》！」

満月《みつき》が竹刀を亀に向ける。

次の瞬間、ドオオオンと派手な火柱が噴き上がった。

「きゃ――――！」

ステラたちが咄嗟《とっさ》に伏せる。

爆発的に広がる炎。視界がオレンジ一色になり、熱風に包まれる。

（ヤバい、死ぬ……！）

俺が死を覚悟したときだった。

「天の鉢は傾けられ、恩恵は大地へ降り注いだ。《水よ、在れ《アクアリア・ザイン》》！」

上空から朗々とした詠唱が聞こえた。

バケツをひっくり返したみたいな大量の水が辺りに降り注ぐ。火はすべて消え、辺りは黒焦げの平野が広がっていた。

「ご無事ですか、救世女様？」

水の聖法《せいほう》を使ったのはハミュエルだった。救世女の警護はきちんと継続されていたらしい。おかげで俺たちも助かった。

空から降り立ったハミュエルは、焦土で完全に腰を抜かしている満月《みつき》に手を差し伸べる。まるで騎士と姫みたいだ。

「……無事よ」

バツが悪そうに満月《みつき》は言った。

言うまでもないことだが、池にいた魔獣はすべて消し炭になっていた。

ざわざわとカフェテリアが喧噪《けんそう》に包まれている。

昼休み。

ステラたち四人はテーブルの一つを陣取っていた。

「はあ～～～」

熱々のラザニアを前にして、満月《みつき》は盛大なため息をつく。テーブルに肘をついて頭を抱えているところを見るに、相当参っているようだ。

ステラがラザニアを頬張りながら訊《き》く。

「どうしたの？　もしかしてラザニア嫌い？」

「ミツキ様は猫舌なのかもしれません。フーフーしましょうか？」

「家訓でミートソースが食べられない可能性」

三者三様の意見が出る中、満月《みつき》は再びため息をついてフォークを取った。

「……あんたたち、バカなの？」

ステラたち三人が瞬《またた》く。

「池とその一帯を壊滅させて、わたしは落ち込んでるの。それくらいわかりなさいよ」

ミートソースがたっぷりかかったラザニアを口に運んでも、満月《みつき》の沈鬱な表情は晴れない。

……幼馴染《おさなな じみ》とは不思議なものだ。俺が異世界転生したことでしばらく離れていたのに、彼女の本心が読み取れてしまう。

「満月《みつき》、素直に言ったらどうだ?」

「何を?」

「おまえが落ち込んでいるのは池を壊滅させたからじゃない。みんなを殺しかけたからだろ」

ステラたち三人が満月《みつき》に注目する。

ラザニアにフォークを突き刺したまま、満月《みつき》は止まっていた。が、すぐに彼女はイライラした様子で口を開く。

「……キモオタ、あんたまだわかってないの? わたしは魔女ステラを殺しに来たの。爆発で誰が死んでも知ったことじゃないわ」

「でも別に、三人を殺そうとして爆発させたわけじゃないだろ?」

「当たり前でしょ! あんな威力が出るなんて知らなかったんだから」

女神から『神の力』をもらっている満月《みつき》は、ただでさえ聖法《せいほう》の威力が高くなりやすい。それなのにアルコールまで作ったせいで、あの大爆発が起きたのだ。

ステラが眉を持ち上げる。

「わざとじゃないんだし、わたしたちを危ない目に遭わせたことは気にしなくていいわよ。授業であれくらいのトラブルは日常茶飯事だし」

「ミツキ様、落ち込まないでください。あたしはすごいと思います。火柱を上げて周囲を全部黒焦げにする地獄絵図なんて、ミツキ様にしか作れません！」

「あんた、それで褒めてるつもりなの!?」

「はい！」

満月《みつき》が白目を剝《む》いた。

ステラは腕を組んで、うんうん頷《うなず》いている。

「豆粒みたいな火しか出せないわたしには、贅沢《ぜいたく》な悩みだわ」

アンリも同調した。

「弱いより全然マシ」

胡乱《うろん》げに満月《みつき》は三人を見る。

「……あんたたち、怖くないの？」

「何が？」

「呪文一つで地獄絵図を作れる聖法《せいほう》の力がよ！」

ステラもフィーナもアンリもお互い顔を見合わせた。

三人の表情から同意が得られないと気付いた満月《みつき》は首を振る。

「……もういいわ」

満月《みつき》はラザニアを食べるのに集中した。

(まずいな……満月《みつき》が聖女学園体験をしたいから裁判が延期されているのに。満月《みつき》が聖法《せいほう》を楽

しめなければ、ステラと満月《みつき》が友達になる前に裁判が始まってしまう）

「なあ、満月《みつき》。さっきの授業はちょっと過激だったよな」

「ちょっとどころじゃないでしょ……」

「聖法《せいほう》は別に危険なものってわけじゃないんだぞ。例えば、生き物を創ったり、変身したりとか——」

「変身？」

満月《みつき》が食いついた。

よし、と俺は内心でガッツポーズをする。

「ステラ、変身の聖法《せいほう》薬を作りに行こう。まだ昼休みはあるよな？」

俺たち四人と一本は、実験室に赴いた。

昼休み中、実験室を使っている生徒はおらず、ステラたちは勝手に聖法《せいほう》薬を作る。

大釜の中でカビ色の液体がブクブクと泡立っているのを見て、三人は頷《うなず》いた。

「これで聖法《せいほう》薬は完成だわ」

「すっかり手順を覚えましたね」

「出来もいい感じ」

ステラたちがにこやかに会話する中、満月《みつき》は引いていた。

「うわあ、何これ……」

「満月《みつき》、この聖法薬《せいほうやく》を飲んでから詠唱すると、自分の好きな姿に変身できるんだ」

「これを飲む⁉」

目を剝《む》く満月《みつき》。

ステラは小瓶に聖法薬《せいほうやく》を汲《く》み、満月《みつき》に差し出した。

「はい」

「いいいらないわよっ！　どう見ても怪しい色してるじゃない！」

距離を取った満月《みつき》は全力で拒否している。

「……あんたが先に飲みなさいよ。それで何事もなかったら飲んでもいいわ」

「お手本という意味でもステラが飲んでみせたほうがいいかもな」

俺の言葉に満月《みつき》はしきりに頷《うなず》いた。

小瓶に入った聖法薬《せいほうやく》を見て、ふとステラは考え込む。

「聖法薬《せいほうやく》を作ったはいいけど、何に変身するかは決めてなかったわね……」

「心配無用！　こんなときのために、俺は既にステラにしてほしいコスプレ案をいくつも考えてある！」

「どんなときよ！　それって、あんたがまた懲りずに不埒《ふらち》な妄想をしてたってこと⁉」

「いついかなるときも推しの最高の姿を妄想するのはオタクの宿命と言えるだろう。ノー妄想、ノーライフ！　俺は常にステラに似合う最強のコスプレを真剣に考えているぞ！」

「なっ、なっ……！」とステラは顔を真っ赤にしている。

満月《みつき》のこめかみに青筋が浮かんだ。

「このキモオタが……」

「さあ、ぐいっと飲んでくれ、ステラ。変身後の姿は俺に任せろ！」

「くうっ、あんたみたいな変態に任せたくないけど、しかたないわね……。破廉恥な恰好《かっこう》だったら許さないんだから！」

ステラは一気に聖法薬《せいほう》を飲み干した。

「女神の恩恵は我にあり。《水よ、在れ《アクアリア・ザイン》》《火よ、在れ《イグナリア・ザイン》》《光よ、在れ《ルクサリア・ザイン》》！」

俺は今一番見たいステラのコスプレ姿をイメージする。

ぱあっ、とステラは光に包まれた。

光が収まり、ステラは自分の恰好《かっこう》を見下ろす。途端に瞬《まばた》いた。

「何これ……？」

薄青い半袖シャツにネクタイ。太腿《ふともも》がまったく隠れていないミニのタイトスカートには、手錠がぶら下がっている。そして、極めつけは軍帽。

ツンデレ婦警さんがここに爆誕した！

「キタ――！　これぞまさしく俺が見たかったツンデレ婦警さん！　ステラのツンツンした表情にかっちりした制服がベストマッチだ。明らかに警察ではない年齢のステラが着ているのもまた素晴らしい。これは逮捕されたい！　俺が逮捕されたい！　なんで今の俺には両手がないんだ、クソー！」

「な、何なの……？　この服のどこがそんなにいいの？　わたしには全然わかんないんだけど……」

俺たちの世界の服なので、ステラは知る由《よし》もないだろう。

フィーナもアンリも不思議そうだ。

唯一、満月《みつき》だけが凄《すさ》まじい形相で俺を睨《にら》んでくる。

……いかんいかん。すっかり我を忘れて興奮してしまったが、これは満月《みつき》に聖法《せいほう》の楽しさを教えるために企画したんだった。

「見ただろ、満月《みつき》も好きなものに変身できるぞ」

「あんた……以前にもこの聖法薬《せいほう》でステラをコスプレさせたことがあるの？」

「ん？　バニーガールとセーラー服ならあるぞ」

「へえ、そう」

地を這《は》うような低い声で言った満月《みつき》は、聖法薬《せいほう》を呷《あお》った。いい飲みっぷりである。

「女神の恩恵は我にあり。《水よ、在れ《アクアリア・ザイン》》《火よ、在れ《イグナリア・ザイン》》《光よ、在れ《ルクサリア・ザイン》》」

満月《みつき》が光に包まれ、変身する——。

現れた満月《みつき》の姿を見て、俺は驚愕《きょうがく》した。

「なっ、それは……！」

満月《みつき》もステラとほとんど同じ、婦警のコスプレだった。

ステラと違って満月《みつき》の場合、大人の色気みたいなのが加わる。初めて見る幼馴染《おさななじみ》のコスプレ姿に、俺は否応《いやおう》なくドキドキした。

が、それはすぐに別のドキドキに取って代わられる。

「……異世界転生してまで魔法で銀髪ロリ美少女をコスプレさせるキモオタが、そんなに逮捕されたいなら、今ここでわたしが成敗してやるわよ……！」

ヤンデレを覚醒させた満月《みつき》が黒い竹刀を構える。ゴゴゴゴ、という擬音が付きそうな勢いだ。

婦警さんに竹刀って意外と似合うな、と俺は現実逃避じみたことを思った。

咄嗟《とっさ》にステラが俺を庇《かば》うように抱える。

「待ちなさいよ！　この服はまだマトモなほうじゃない。前のはもっと酷《ひど》かったんだから……！」

「ああああキモオタをオタクの大好きな貧乳で抱えるんじゃないわよ！　キモオタを庇《かば》うならあんたも同罪よっ！　ノリノリでコスプレしてキモオタを誘った泥棒猫が！　死ねっ！」

「うわわわっ！」

俺を抱えて逃げるステラを、満月《みつき》は竹刀を振り回して追いかける。フィーナとアンリは即座に実験室の隅に退避していた。

このままじゃ実験室にも穴が空く。

危機感に駆られて俺は叫んだ。

「――満月《みつき》のバニーガールが俺は見たい！」

実験室にいる全員の動きが止まった。

「………へ？」

上擦った声を出したのは満月《みつき》だ。

硬直した満月《みつき》は目をグルグルさせて真っ赤になっている。

「な、何……？　キモオタ今、何て……？」

「満月《みつき》のバニーガールが見たいと言ったんだ！　俺がステラにコスプレさせたことで満月《みつき》は怒ってるんだろ？　だったら、満月《みつき》がコスプレして俺の欲求を満たしてくれ。それなら文句ないよな？」

え、と小さくステラが声を上げる。

満月《みつき》は竹刀を下ろしていた。『神の力』はすっかり消えている。モジモジと彼女は爪先で床を蹴り始めた。

「ど、どんだけコスプレが好きなのよ、変態キモオタ……！　あ、あんたがそこまで言うなら、してあげてもいいんだけど……？」

言いながら、満月《みつき》はチラチラと俺を窺《うかが》ってくる。

とりあえずヤンデレが解除されて、俺は内心で息をついた。

「そうか。じゃあ、バニーガールからやるか。聖法薬《せいほう》、いっぱい作っといてよかったな」

「うっ、またそれ飲むの⁉」

満月《みつき》が顔を引きつらせる。

カタン、とステラが杖《つえ》をテーブルに置いた。

「ステラ？」

「二人でこすぷれするんでしょ？　勝手にやりなさいよ」

付き合いきれないとばかりにステラは俺を置いて、実験室の隅で腕を組む。

昼休みが終わるまで、満月《みつき》のコスプレワンマンショーは続いた。

その間、ステラはずっと仏頂面《ぶっちょうづら》だった。


午後の授業は座学だった。

「……そのとき救世主ヨハゼルは手を掲げ、光の幕を作ったのですわ。それに恐れをなした魔獣たちは逃げ去ります。こうして救世主ヨハゼルは旅をして、女神様の奇蹟《きせき》を人々に広めていったのですわ。なんと崇高な偉業でしょう！　女神様が遣わされた救世主とは、人々の希望となる存在なのですわ」

メルヴィア先生の今日の講義はやたらと力が入っている。

おそらく救世女の満月《みつき》がいるからだろう。メルヴィア先生としては、女神様の代理とまで言われる満月《みつき》の歓心を得ようと必死なのだ。

が、当の満月《みつき》は。

「かー……くー……」

見事に熟睡中だった。腕を枕にして、開いた口からはヨダレが垂れている。

昼食の後。しかもコスプレワンマンショーをした直後だ。疲れて睡魔に襲われたとして、何ら不思議はない。

「……うっ……つ、続けますわ……」

先生は満月《みつき》の居眠りに気付いてはいるが、救世女なので注意できず、テンションを落として講義を続ける。

「おい、ステラ」

俺は先生が落ち込んでいる隙に、こそっと話しかけた。

ジロリ、とステラが俺を見る。

「何よ」

「満月《みつき》を起こしてやってくれないか？」

ふん、とステラは鼻を鳴らしただけだった。気のせいじゃなく、ステラの態度が冷たい。

「ステラ、満月《みつき》がちゃんと授業を受けないと、聖女学園の楽しさをわかってもらえないだろ。頼む」

俺の真摯なお願いに絆《ほだ》されたのか、ステラはおもむろに机から紙袋を取り出した。

「それは……」

見覚えがある。ハズレ味が大量に入っているとんでもないお菓子、ルーレットグミだ。

ステラは紙袋からグミを一つ取り出すと、満月《みつき》の口に放り入れた。

さて、何味が出るか……。

ごくり、とグミを呑《の》み込んだ後、パチっと満月《みつき》の目が開いた。次の瞬間、彼女は立ち上がって叫ぶ。

「いやああっ、ムカデが口に入った――っ！」

（ムカデ味だったか……）

俺は心の中で合掌した。

クラスメートたちが何事かと満月《みつき》に注目するが、メルヴィア先生の叱責はない。

「どうしよう、わたし、ムカデ食べちゃったかも……！」

授業中だと気付いて満月《みつき》はすぐに着席したが、真っ青になって慌てている。

俺はこっそり囁《ささや》いた。

「大丈夫だ、満月《みつき》。それは食べても問題ないムカデだからな」

「はあっ⁉　あんた、見てたなら追い払いなさいよ！」

「生憎《あいにく》、今の俺は杖《つえ》だからな」

「ううっ、この役立たず！」

すっかり満月《みつき》の眠気は吹き飛んだようだ。

ステラは素知らぬ顔でノートを取っている。

「さて、救世主ヨハゼルは旅の最後に〈服従〉の魔女リリアナと出会います。魔女は女神様を貶《おとし》めるために、救世主に難題を吹っ掛けるのですわ」

メルヴィア先生は分厚い聖典を片手に読み上げる。

「救世主ヨハゼルよ、おまえが本当に『神の力』を授かったと言うなら、わたしと勝負をしよう。聖なる力が本物なら、わたしの呪われた力に負けることはないだろう。だがもし、わたしが勝ったなら、おまえは救世主を騙《かた》ったペテン師だ」

……興味深い問答だな、と思った。

『神の力』VS魔女の力。どちらに軍配が上がるかは、クインザとステラが戦ったときにはっきりしている。

『神の力』の正体は、女神が他人に分け与えた魔法の力だ。それが魔女本来の力に勝てるわけがない。

「好戦的な魔女に、救世主ヨハゼルはこう返しました。『女神様の力を試すなどあってはならないこと。おまえと戦う気はない。呪われた者よ、今すぐ土へ還《かえ》るがいい』。……救世主ヨハゼルはこのように、魔女の誘惑に乗って力を使うことはしませんでした」

つまり、『神の力』の正体が明かされることはなかったわけだ。

もっとも、それが暴かれていたら女神教は今日まで続いていないだろう。

「救世主ヨハゼルの模範的な振る舞いに、魔女はついに呪われた力を使います。救世主ヨハゼルを亡《な》き者にするため魔女は魔法を使いましたが、そのとき眩《まばゆ》い光とともに女神様が降臨されました。女神様は救世主ヨハゼルを慈《いつく》しみ、助けようとされたのですわ」

（それはどうだかな……）

メルヴィア先生は感極まったように言っているが、俺の見解は違う。

おそらく女神は、救世主ヨハゼルが魔女に殺されたら自分の正体が露見する可能性があるため、その場に介入したのだ。

（あの性悪女神が慈愛で人間を救うかよ。あいつの優しさには絶対に裏があると思ったほうがいい）

「女神様の聖なる光は魔女を呑《の》み込みました。いかに世界の災厄と言われる魔女でも、女神様の御力には敵《かな》いません。女神様はさらに、救世主ヨハゼルの行いを讃《たた》えて天へと召し上げられました。救世主ヨハゼルの旅はここで終わったのです」

「え、何それ。女神様は魔女だけじゃなくて救世主も殺したってこと？」

　ざわっと教室が揺れた。

　発言したのが満月《みつき》というのもあるが、発言内容もかなりセンシティブだ。

　コホン、と咳払《せきばら》いをしてメルヴィア先生は言う。

「女神様は救世主ヨハゼルの役目が終わったので、労《ねぎら》うために天へと引き上げられたのです。魔女を消滅させたのとはまったく違いますわ」

「同じだと思うけど」と満月《みつき》はボヤく。

「結局、救世主も魔女も死んだってことじゃない。役目が終わったら殺すって、どういうことよ」

「救世女様、救世主ヨハゼルは殺されたのではありませんわ。祀《まつ》り上げられたのですわ」

　頑として譲らないメルヴィア先生。

　……たぶんこの解釈を間違うと、聖典的に問題があるのだろうと推測される。

「『神の力』を与えられた時点で、救世主ヨハゼルは人ではなく女神様の代理になったのです。いずれの救世主も救世女も皆、人としての死を迎えるのではなく、女神様が天へと召し上げられています」

　ぴくっ、と満月《みつき》の眉が動いた。

「それって、わたしも……」

「ええ、もちろんですわ。救世女様も時が来れば、女神様の神座に招かれるのでしょう。それは大変、栄誉なことですわ」

チッ、と満月《みつき》は低く舌打ちをした。

乱暴にイスを蹴って彼女は立ち上がる。

「救世女様……？」

「……あんたらの宗教にはついていけないわ。こんな授業聞いてもムダ」

なっ!? とメルヴィア先生の顔が青くなる。

満月《みつき》は隣の席のステラの腕も引っ張った。

「え、ちょっと、何!?」

「わたしが退席するんだから、監視対象のあんたもついてくるのよ」

「ええー!? わたしは授業聞いてるのに……！」

満月《みつき》は強引にステラを引きずって教室を出て行く。

救世女を引き留められる人など、どこにもいなかった。


「あーあ、異世界って、想像以上に異世界ね……」

メルヴィア先生の授業を投げ出して教室を出てきた満月《みつき》は、校舎の屋根に上っていた。本当は屋上に行きたかったらしいが、屋上がなかったので、屋根の上で妥協だ。

「わかるぞ。俺も転生した当初は異文化すぎて、まったく常識がなかったからな」

「あんたは杖《つえ》なんだから常識がなくても問題ないでしょ。ただ寝てればいいんだから」

寝てればいいわけではないが、満月《みつき》のように救世女の役目を背負っているわけでもない。

「来たときからそうだったけど、救世女って勝手に祀《まつ》り上げて、役目を終えたら死んでください？　それが栄誉？　マジでヤバい宗教だわ」

「……何がそんなに気に入らないの？」

ステラは心底不思議そうに言った。

「普通の人は死んでも女神様の目に留まることはないわ。それが女神様直々に迎えに来られるなんて、すごいことだと思うけど」

「はあ、つまりあんたは女神様になら殺されても構わないってわけね」

「女神様は人を殺さないわ！　人々の平和と安寧を願う女神様は、決して誰かを――」

そこでステラの言葉が止まる。

午後の穏やかな風が二人の少女の間を吹き抜け、やがてステラは目を落とした。

「……魔女以外の者を殺そうとなんてしないわ」

満月《みつき》が呆《あき》れたように肩を竦《すく》めた。

「なあ、いい機会だから二人には言っておこうと思う」

「何よ、キモオタ。あんたが改まって言うことなんて、どうせ下らないことに違いないわ」

「満月《みつき》にとっては下らないことかもな。女神の正体なんて」

「女神様の正体……？」

声を出したのはステラだ。

満月《みつき》は黙って俺の言葉を待っている。

俺は周囲に誰も——女神の形をしたものがないのを見て、告げる。

「女神は魔女だ。そして魔女である女神が作った短冊《たんざく》は当然、魔呪物だ」

「何言ってるの、オタク……？」

ステラは厳しい表情で腰に手を当てていた。

「言っていいことと悪いことがあるわ。女神様が魔女だなんて不敬な発言、冗談でも許されないわよ」

「誰が許さないんだ？　女神か？　そりゃ、超特大のトップシークレットなんだから女神本人に聞かれたら、それこそ命が危ないかもな」

「オタクっ！」

ステラが叱責するように鋭い声を上げる。

だけど俺は動じなかった。

「いきなりこんなことを言われても、そりゃステラは信じられないだろう。だって、生まれてからずっと、女神は唯一の神だと教え込まれてたんだからな。ステラの周囲にいる人たちも誰も女神を疑ったことはなかった。この世界全体が女神の壮大な嘘《うそ》に騙《だま》されてるわけだ。まあ普通は気付かない」

「まだ言うの、オタク……」

「わたしも根拠を聞いておきたいわ。女神様とは転生した直後に、ほんの少し言葉を交わしただけだもの。女神様が魔女ってどういうこと？」

「俺も女神が魔女だと気付くのにしばらく時間がかかった。決定的だったのは、短冊《たんざく》を食べた魔獣が階級を上げたことだな。一年生の学年末試験、ステラは覚えがあるだろう？」

　ステラが微《かす》かに眉を寄せる。

「キモオタ、わたしにはさっぱりよ。わたしにもわかるように言いなさい」

「満月《みつき》はまだこの世界に来たばっかだろうが！　じゃあ訊《き》くが、おまえは女神からもらった『神の力』を発動するとき、なんて唱える？」

「え？　『デウス・エスト・モルス』」

　ステラがはっと息を呑《の》む。

「その詠唱は……！」

「そう、クインザが魔法を使ったときと同じだ。『女神は唯一神なり《デウス・エスト・モルス》』。それは魔法と認定されるんだったよな？」

「また、あんたたちにしかわかんない話……」

満月《みつき》がイライラして口を挟んだ。

「とりあえず満月《みつき》、おまえがもらった『神の力』は女神の魔法の劣化版だ。救世女なんて肩書もらって偉そうにしてるけど、その力が魔法だってバレたらおまえの命はヤバいぞ。それだけは覚えとけ」

「『神の力』が魔法……？　って、どっちも魔法みたいなもんでしょ」

「だからこの世界では違うんだって」

「もう、メンドくさいわね。バレないようにって、どうすればいいのよ！」

「知らん。できるだけ『神の力』は使わないことだな」

「テキトーすぎるわよっ」

カタ、と洋瓦が音を立てた。

「嘘《うそ》……そんなはずないわ……女神様が魔女だなんて、そんなことあるわけ……」

ステラはしゃがみ込んで、ブツブツと言っている。毎日、敬虔《けいけん》に女神に祈ってきたステラからしたら、信じたくないに決まってる。

「ステラ、俺の話を無理に信じなくてもいいぞ」

蹲《うずくま》っていたステラが顔を上げる。

「はあ？　……あんたねえ、とんでもないこと言っておきながら、信じなくてもいいってどういうつもりよ！」

「この話は頭の片隅にでも置いてくれればいいと思ってる」

「何よそれ」

「俺はただ、ステラにこういう可能性があるぞと伝えたかっただけだから」

「可能性？」

「女神が魔女なら、女神はもう信じるべき神じゃないんだから、ステラが気に病むことはないよな？　一人の魔女がもう一人の魔女を殺そうとした。ただそれだけの話だろ？」

「っ……」

聖法《せいほう》競技会の日、女神がステラを殺すように告げた後。ステラは国軍の兵士たちに囲まれても一切抵抗しなかった。

俺が見たのは、ただ虚《うつ》ろな顔で連れて行かれるステラだ。

あのときからステラは心に大きな傷を負っている。俺にはそれがどうしても許しがたい。

「別に俺は女神の正体なんてどうでもいいんだ。女神があんな形でステラを傷付けなければ、女神の正体を打ち明けるつもりもなかった。実際、一年の学年末試験のときには気付いてたけど、黙ってたわけだし」

ステラは完全に沈黙してしまった。

俺の話を信じるにしろ、信じないにしろ、ステラには考える時間が必要だ。生まれてからずっと信仰してきたものを疑うのは、大変な労力がいる。

俺は満月《みつき》に目を留《と》めた。

「なあ、満月《みつき》。おまえは女神に、ステラを殺すよう言われたんだろ？」

「いきなり何よ」

「でもおまえに話をしたのは女神じゃなくて魔女だ。この世界全体を騙《だま》している、とんでもない偽善者なんだ。おまえはそんな奴《やつ》の言うことを聞くつもりなのか？」

「……何が言いたいわけ？」

「単刀直入に言おう。裁判でステラが死刑にならないようにしてほしい」

満月《みつき》は遠くを見るように空を見上げた。セーラー服のスカーフが風になびいている。

「救世女のおまえなら判決に口を出せるはずだ。ステラは無実だと言ってほしい。頼む、ステラの命がかかってるんだ！」

「裁判でわたしに嘘《うそ》を言えってこと？」

「嘘《うそ》じゃないだろ。じゃあ満月《みつき》、おまえはステラには死刑が相応《ふさわ》しいと思っているのか？」

ステラが息を詰めた。

満月《みつき》は何を考えているのか、空から目を逸《そ》らさない。

「この世界で魔女とは、世界を捻《ね》じ曲《ま》げて文明すら破壊する者だ。だから人々は世界を守るために、魔女を殺そうとしている。だけど満月《みつき》、今日ステラと一緒にいて、ステラが世界を滅ぼすような存在に思えたか？」

「……とてもそうは見えなかったわね。人並みの聖法《せいほう》すら使えてなかったわ」

「そういうことだ。ステラが死刑になるのは不当なんだ。満月《みつき》、ステラの裁判で死刑判決に異を唱えてくれるよな？」

満月《みつき》は俺の幼馴染《おさななじみ》だ。

もう十年以上の付き合いだし、俺は彼女の性格や考え方を理解している。

だから、ここまで言えば満月《みつき》は頷《うなず》いてくれる、はずだった。

「――お断りよ」

「なっ⁉」

驚く俺。ステラも不安そうに杖《つえ》をぎゅっと握る。

「どうしてだよ⁉　状況は説明しただろ？　ステラは罪もないのに死刑になりそうなんだぞ⁉」

「魔法を使うのは罪だって聞いたけど？」

「それはっ、ステラは皆を助けるために魔法を使ったんだ！　世界を滅ぼそうとしたんじゃない！」

「わたしはその現場を見たわけじゃないから知らないわ」

「知らなくてもわかるだろ！　ステラが悪い魔女なわけがない」

「それってあんたの思い込みでしょ？」

突き放すように言った満月《みつき》は、ステラを瞳に映す。

「言ったわよね？　――わたし、あんたを殺しに来たの」

「満月《みつき》っ！」

黒曜石の双眸《そうぼう》から放たれる鋭い眼光に、ステラが唾を飲み込む。

「わたしはその子を殺して元の世界に帰る。それは絶対よ。だから死刑を覆《くつがえ》すことはしない」

「元の世界に帰りたいから、ステラを殺すだと……？」

「そうよ。それ以上の理由なんてないでしょ？」

至極真っ当な理由だ。

元の世界に帰りたい。そのためなら手段は選ばない。

道理には適《かな》っているが――その選択はまったく満月《みつき》らしくない。

「どうしたんだよ、満月《みつき》……。おまえ、そんな奴《やつ》じゃなかっただろ。自分の目的のためなら誰かを殺してもいい。俺の知っている満月《みつき》はそんな利己的な奴《やつ》じゃなかったはずだぞ？」

満月《みつき》がギリ、と小さく歯噛《はが》みするのを見た。

「俺はおまえを正義感がある奴《やつ》だと思ってる。誰かが困ってたら、おまえはなんだかんだ悪態吐《つ》きながらも助けてくれるタイプだった。どうしてステラを見捨てるんだ？　おまえが元の世界に戻りたいのはわかった。だけど、ステラを殺す以外の方法をどうして模索しない？　どうして女神の言いなりになろうとしてるんだ？」

そうだ。満月《みつき》があまりにも素直すぎるのだ。

普段の彼女なら、絶対に女神の提案を鵜呑《うの》みにすることなんかないのに。

「おまえらしくないぞ。女神は神じゃなくて魔女だ！　ステラを殺せなんて言ってる時点で、おかしいってわかるだろ⁉　おまえはそんな奴《やつ》の指示に従って良心が痛まないのか？　元の世界に帰るために他人の命を奪って、それでおまえは『ああよかった。無事に戻ってこれた』なんて――」

「キモオタのくせに、わたしをわかった気にならないでよっ！」

爆発。

まさにそんな感じの叫びだった。

「ウザい……ほんとウザいっ！　あんたにわたしの何がわかるのよ！　正義感だとか良心だとか、全部あんたの妄想だからっ！　あんたの勝手な理想をわたしに押し付けてんじゃないわよ、バカキモオタっ！」

金切り声が響いて俺の胸に突き刺さる。

満月《みつき》はセーラー服の袖で目元を押さえていた。

（……妄想、か）

そう言われてしまえば俺に反論はできない。

幼馴染《おさなじみ》。所詮、幼馴染《おさななじみ》だ。

ただ家が近くて、ただ学校が一緒で、それだけの関係にすぎない。

その証拠に、俺は転生前、満月《みつき》がツンデレかツンツンかも判別できなかったのだ。今だって、満月《みつき》がヤンデレ化した原因を掴《つか》めないでいる。

「わたしは元の世界に帰るの。その子を殺して、絶対に帰る！　キモオタ、あんたがいくら何を言おうと無駄だから！」

「満月《みつき》――」

時計塔の鐘が鳴る。

午後の授業が終わった合図だった。

はあ、と満月《みつき》が息をつく。

「これで今日の授業は終わり？　ようやく部屋に帰れるわけね」

「おまえが『魔法学校に行きたい』とか言って、授業を受けに来たんだろ……」

俺のツッコミにも満月《みつき》は答えない。

授業から解放された生徒たちの喧噪《けんそう》が聞こえてくるまで、満月《みつき》は何かを堪《こら》えるような表情で空を見上げていた。

＊＊＊

満月《みつき》と過ごした一日が終わった。

消灯時間になり、満月《みつき》とステラがいる貴賓室にも闇が訪れる。

二人の寝る場所は昨日と同じだ。部屋の奥にあるベッドを満月《みつき》が使い、ステラはソファーを使う。

ステラは眠れないのか、暗い部屋で一人、膝を抱えて座っていた。

「……ステラ」

彼女の傍《かたわ》らに立てかけられている俺は小さく呼ぶ。

ステラが身じろぎした。

返事はない。

「満月《みつき》の件はすまなかったな。俺が説得してステラの死刑を回避しようとしたが、アテが外れたみたいだ」

女神の正体を暴き、ステラの無害さを説けば、満月《みつき》はすぐに俺たちの味方になってくれるはずだった。俺の予想が甘かった。

「幼馴染《おさななじみ》だと思ってたんだけどな……。発言は過激だけど、満月《みつき》は本当は優しい奴《やつ》なんだよ。

ほら、ステラにも前に話したよな。俺を助けるために、満月《みつき》が竹刀で俺を――」

「やめて」

静かな拒絶の声がした。

ステラは膝を抱える腕に力をこめる。

「あんたの幼馴染《おさななじみ》の話なんて聞きたくないわ」

震える声を出し、膝に顔を埋めるステラ。

わけがわからなかったが、俺は「……すまない」と言った。

「……あんた、こすぷれできるなら誰でもいいわけ？」

「え？」

コスプレ？　なんで今、そんな話になるんだ？

俺の頭に疑問符が浮かぶ中、ステラは怒鳴る。

「わたしのこすぷれは、あんたの幼馴染《おさななじみ》でも代用できるものだったわけ!?」

「……！」

ステラが拗《す》ねてる理由がようやくわかった。

思えば満月《みつき》にコスプレワンマンショーをさせたときからだ。ステラの態度が冷たくなったのは。

「そんなことなら、こすぷれなんか絶対にしなかったのに。バカっ！　節操なしっ！　あんたなんてミツキと一緒に元の世界に帰っちゃえばいいのに……！」

「それはないな」

断言すると、ステラが黙り込んだ。

「俺《オタク》が推しを放って元の世界に帰るわけないだろ。俺はステラの精霊だ。ステラが一番大事だし、ステラから離れるつもりはない」

部屋は暗いが、ステラの顔が赤くなっているのがわかる。

「今日のコスプレだって満月《みつき》をステラの代用にしたんじゃないぞ。そもそもステラにはステラの、満月《みつき》には満月《みつき》のよさがあるだろ？　ステラの代わりなんて誰にもできるはずないじゃないか！」

「じゃあ、あんたのこすぷれ欲は満たされてないってこと？」

「そんなの満たされると思っているのか？　オタクの飢えた心をナメるな。推しのコスプレならいくらでも見たいに決まってる！」

「……そう」

ステラがもぞもぞとポケットの中で手を動かした。

ん？　と思って見ていると、ぽろっと小瓶が出てくる。

「それは……？」

「あっ、こんなところに変身の聖法薬《せいほう》があったわ！」

まるで今、偶然発見したように言っているが、ステラが意図的にポケットから出したのは明らかである。

「……ステラ、そんなに俺とコスプレをしたかったのか。すまん、気付かなかった……！」

「ち、違うわよ！　別にあんたがミツキのこすぷれを喜んでいるのを見て、わたしもオタクを喜ばせたくなったとかじゃないんだから！　本当よ！」

「ステラ最高っ！　一生推すぞーっ！」

「ううううるさいっ！　まだあんたを許したわけじゃないわっ」

ステラは小瓶の蓋を開けて、俺を見る。

「あんた、わたしの代わりはいないなんて豪語したんだから、わたしにしかできないこすぷれにしなさいよね。ミツキとかぶってたら承知しないんだから！」

ふん、とステラは聖法薬《せいほう》を飲み干す。

ステラ的には難問を出したつもりなのだろう。だが、推し《ステラ》のことを一日中考えている俺にとって、これほど簡単な問題はない。

「女神の恩恵は我にあり。《水よ、在れ《アクアリア・ザイン》》《火よ、在れ《イグナリア・ザイン》》《光よ、在れ《ルクサリア・ザイン》》！」

ステラが光に包まれ、変身する。

数瞬の後、そこにはスクール水着のステラが立っていた。

おお……、と思わず俺は感嘆の声を洩《も》らす。

暗がりの中、窓から射《さ》し込む星々の微細な光を浴びて、銀髪のスク水美少女は神秘的な雰囲気を纏《まと》っていた。紺色の布地に包まれた未成熟な身体《からだ》のラインが俺を魅了する。

ステラは自分の恰好《かっこう》を見下ろし、「っ……！」と息を詰めた。途端に彼女はモジモジと恥ずかしそうになる。

「〜〜この変態っ！　なんでこれがわたしにしかできないこすぷれなのよっ！」

「何故《なぜ》これがステラにしかできないコスプレなのか——？　大前提としてコスプレとは非日常的な恰好《かっこう》でなくてはならない。スク水は現代日本の学校において水泳の授業時に必ず着用するものであり、満月《みつき》が着たところでそれはコスプレでも何でもない。つまり異世界人であるステラが着るからこそスク水はコスプレたりえるのだっ！」

「早口だし、意味わかんないわよ……！」

ステラは地団太を踏んでいる。

「俺は俺なりに考えてスク水という答えを出したんだが……これじゃダメだったか？」

じろり、とステラは俺を見た。

「あ、あんたはどうなの？」

「俺？」

「わたしのこの恰好《かっこう》を見て、どう思ったのよ」

「神」

「へ……？」

「かつてここまで清らかな気持ちになれるスク水美少女を見たことがあるか？　いやない！　くそっ、なんでこの世界には写真機がないんだ⁉　ステラのスク水は永久保存版だろう！　こんな国宝級に可愛《かわい》らしくて初々《ういうい》しくて純真さが滲《にじ》み出《で》ている──」

「わーわーわー、もういいからっ！　オタクに訊《き》いたわたしがバカだったわよ！」

膨《ふく》れっ面《つら》になったステラは、スク水の肩紐《かたひも》を直して静止する。

「ステラ？」

「……聖法《せいほう》が解けたら元に戻っちゃうんだから、今のうちにしっかり目に焼きつけておきなさいよねっ」

「ヒュー！　ツンデレの貴重なデレ、いただきましたっ！」

「バカバカバカっ！」

ステラの機嫌が直って大盛り上がりの俺は気付かなかった。

「……チッ」

部屋の奥から小さな舌打ちが鳴っていたことに。

三章　あんたはわたしの精霊でしょ、とステラは言った。

翌朝。

「魔女ステラ・ミレジア、起きろ」

聞き覚えのない声が降ってきて、俺とステラは覚醒した。

目を開けるなり、ギョっとする。ステラと俺が寝ているソファーを、甲冑《かっちゅう》姿の兵士たちが取り囲んでいたからだ。

「な、何よ、これ⁉　どういうこと⁉」

ステラが身体《からだ》を起こして、辺りを見渡す。

兵士たちの後ろには、既にセーラー服に着替えた満月《みつき》がいた。彼女は腕を組んで冷ややかにこっちを見つめている。

「裁判は今日にしたから」

満月《みつき》は恩情というものがまるで感じられない声で言った。

(何だって⁉　早すぎるぞ!)

声を出したいが、兵士たちがいる前では迂闊《うかつ》に喋《しゃべ》れない。

兵士たちは問答無用でステラから杖《つえ》を取り上げた。その手に枷《かせ》を付ける。

「オタク……！」

さらに兵士たちはステラに口枷《くちかせ》まで付ける。

「んー！　んー！」

ステラは何か言おうとするが、無駄だった。

兵士たちに立たされたステラは部屋から連れ出される。

満月《みつき》はステラにすれ違いざまに言った。

「法廷で会いましょう」

（満月《みつき》……！）

ステラと一緒に俺も兵士に連れていかれるところだったが、

「待って。その杖《つえ》はわたしが預かるわ」

満月《みつき》に言われ、俺を持っていた兵士は足を止めた。

「裁判にその杖《つえ》はいらないでしょ？」

「はい、救世女様」

兵士は満月《みつき》に杖《つえ》を渡すと、去っていく。

甲冑《かっちゅう》の音が遠ざかってから俺は声を出した。

「おい、満月《みつき》！　裁判が今日っていきなりすぎるだろ！」

「いきなり？　元々は昨日だったのよ。全然いきなりじゃないでしょ」

「そうだけど、昨夜は裁判が今日なんて一言も——！」

ギロ、と満月《みつき》が俺を見た。研ぎ澄まされた刃物のような視線に、俺は怯《ひる》む。

「わたしは早く元の世界に帰りたいの。スク水がコスプレになるような異世界はもううんざりよ」

「なっ……！」

(昨夜のこと、見てたのかよ……！)

竹刀を携えたセーラー服の少女は貴賓室を出る。

外には修道女たちがずらりと控えていて、満月《みつき》は彼女たちに案内されるがまま法廷へと向かった。


一体、どこで裁判を開くのだろう、と思っていたら、着いた場所は礼拝堂だった。

正面に巨大な白い女神像。真っ赤な絨毯《じゅうたん》に、高い天井。金色に塗られた壁や柱は見ようによっては厳かだ。

礼拝堂には既にたくさんの修道女や兵士たちがいて、裁判を待っていた。

「救世女様はここにお掛けください」

満月《みつき》が案内された場所は祭壇よりも奥、女神像の手前だった。そこに高い台があり、黄金色

る。

笑いそうになったが、満月《みつき》は文句を言うことなくそこに腰かけた。俺はイスに立てかけられ
（マジかよ。黄金のイスとか満月《みつき》に似合わねえ……）

の豪奢《ごうしゃ》な肘掛けイスが置かれている。

礼拝堂全体が見渡せる特等席だ。

普段、生徒たちが祈りを捧《ささ》げている長イスに修道女たちが座り、祭壇には大司教が立つ。

ドン、と大司教が杖《つえ》を床に打ちつけた。

「これより、裁判を行います」

礼拝堂が静まり返り、一人の少女が兵士によって連れてこられる。

（クインザ……！）

赤髪の悪役令嬢は別人のようにやつれていた。髪はぼさぼさだし、アクセサリー類は一つも身に着けていない。ステラに意地悪をしていた頃の面影はまるでなかった。

手枷《てかせ》をされ、青白い顔をした少女は祭壇の前にある小さな台に立たされる。

「クインザ・チューナー、貴女《あなた》は三日前に行われた聖法《せいほう》競技会において、魔法を使いました。相違ありませんね？」

開口一番、大司教がクインザに訊《き》く。

俯《うつむ》いていたクインザが顔を上げ、大司教を見つめた。

「――っ、――っ！」

首を激しく横に振り、否定する少女。喉が焼けてて声が出せない中、クインザは懸命に罪を否定する。

が、

「答えがないようですね。認めたものとして進めます」

大司教は無情に言った。

クインザの表情が絶望に染まる。

「貴女《あなた》は学園の授業に使われる魔呪物をくすね、魔法薬を作りました。相違ありませんね？」

赤髪の少女はまたしても首を振る。

けれど、大司教が返す言葉は同じだ。

「答えがないようですね。認めたものとして進めます」

（何だ、この裁判は……）

もはや裁判とは言えない。これはただの断罪だ。

大司教はクインザ自身に確認させているが、声の出せないクインザに否定はできない。弁護人も証人もなく、ただ大司教にとって都合のいい状況だけが並べられていき、それを強制的に認めさせられる。

「おい、満月《みつき》。このイカれた裁判を見てもまだ、考えを改めないつもりか？」

俺はこっそり満月《みつき》に囁《ささや》いた。

彼女は黄金のイスに足を組んで掛けたまま、何も応えない。

ダメだ、と俺は話しかけるのを止《や》めた。

「クインザ・チューナーは聖法《せいほう》競技会で勝利を手にするため、魔呪物をくすねて集め、魔法薬を作り、魔法を行使して罪なき人々を攻撃しました。聖典啓示録第二章五節、魔法を求める者には灼熱《しゃくねつ》の地獄が訪れる。これに従い、クインザ・チューナーに死刑を求めます。――異議のある者は？」

大司教は礼拝堂にいる修道女たちに問いかける。

「異議なし」

一人が言い、バラバラと他の修道女たちも続いた。

「異議なし」の大合唱の中、大司教は満月《みつき》を振り仰ぐ。

「救世女様は？」

慈愛の微笑を浮かべた大司教を見下ろし、満月《みつき》はつまらなさそうに言った。

「――異議なし」

（満月《みつき》……）

おまえはそれでいいのかよ、と思っていると、大司教が杖《つえ》をドン、と床に打ちつける。

静まり返った礼拝堂で大司教は宣告した。

「判決、クインザ・チューナーを死刑に処す！」

ふらり、とクインザの身体《からだ》が傾《かし》ぎ、少女は倒れ込んだ。

すぐさま兵士がやってきて、クインザは両脇を抱えられたまま礼拝堂を後にする。

俺はそれを見送るしかなかった。


裁判とも言えない裁判は続く。

フィーナもアンリも、クインザの裁判と同じだった。罪状は「魔女に与《くみ》した罪」。二人の言い分は何一つ認められず、流れ作業のように死刑判決が下される。

すべてを覆《くつがえ》せる力があるのに、満月《みつき》はそれを平然と眺めているだけだ。俺は歯痒《はがゆ》くてならない。

最後に礼拝堂に入ってきたのは、兵士たちに両脇を固められた銀髪の少女だった。

（ステラ……！）

少女には手枷《てかせ》の他に口枷《くちかせ》も嵌《は》められている。

礼拝堂の中央、裁かれる人間の台に上ると、ステラは満月《みつき》を見上げた。

二人の視線がぶつかり合う。

「ステラ・ミレジア、貴女《あなた》は自らが呪われた力を持つ魔女だと認めますか？」

大司教が問いかけた。

口枷《くちかせ》を付けられたステラが答えられるはずもない。ステラは俯《うつむ》いて何も訴えようとしなかった。

「答えがないようですね。認めたものとして進めます」

大司教がしたり顔で言い、俺はイラつく。

「今から約千年前、女神様は平和のために魔女を滅ぼされました。それに倣《なら》い、魔女ステラ・ミレジアに死刑を求めます。──異議のある者は？」

異議なし、と判を押したように声を上げる修道女たち。

大司教はまたしても満月《みつき》を振り仰ぐ。

「救世女様は？」

(頼む、満月《みつき》。異議を訴えてくれ……！)

俺は幼《おさな》馴染《じみ》に祈る。

満月《みつき》は表情を変えることなく言った。

「──異議なし」

胸の奥底が急激に冷えていくのを感じた。

満月《みつき》に頼るという一縷《いちる》の望みも潰《つい》えた。

だったらもう、俺自身が行動を起こすしかない。

「判決、ステラ・ミレジアを――」

「ちょっと待った！」

礼拝堂に響き渡った男の声。

ステラがはっと顔を上げる。

修道女たちが声の主を探して首を回し始める。

「……キモオタ」

苦虫を噛《か》み潰したように満月《みつき》が囁《ささや》いてくるが、知ったことか。

元はと言えば協力してくれない満月《みつき》が悪いのだ。満月《みつき》を無視して俺は声を張り上げる。

「そんなふざけた裁判で判決を出すなんて、どうかしてるんじゃないのか？　口枷《くちかせ》をした人間に訊《き》いたって、答えが返ってくるわけないだろ？」

「何者ですか？」

周囲に視線を走らせながら、大司教は諭すように言った。

「裁判の方法は女神様が定めた神聖なもの。それを愚弄するとは不敬罪に問われますよ」

「ははっ、女神が裁判の様式を決めたのか！　そりゃあダメだ。ロクな裁判になるはずがない」

大司教の表情が険しくなる。

壁際《かべぎわ》に並んでいた兵士たちはやっと己の役割を思い出したのか、声を張り上げた。

「どこだ、曲者《くせもの》は！」

「姿を現せ！」

「そんなこと言われて、素直にホイホイ出てくるわけないだろ。おまえらバカなのか」

俺は黄金のイスに立てかけられたまま、悠々と言う。

大司教が虚空《こくう》に問いかけた。

「もう一度、問います。貴方《あなた》は何者ですか？」

「俺は……救世主ヨハゼルだ」

礼拝堂はいよいよ騒然となった。

救世主ヨハゼル——聖典に何度も出てくるから俺も覚えてしまった。俺が知ってる中で女神の次に権威のある名前だ。

兵士たちも修道女たちも真偽を測りかねているのか、戸惑っている。

大司教だけは冷静だった。

「もし貴方《あなた》が本当にヨハゼル様なら、どうして私どもに姿を見せてくださらないのです？」

「俺はもう死んで魂だけなんだから、姿を見せられるはずないだろ」

「つまり、ヨハゼル様は今、天から語りかけていらっしゃると？」

「その通りだ！　魔女を裁くと言うから裁判を傍聴していたんだが、とんだ茶番だな。こんな裁判、やる価値もない」

「貴様、畏れ多くも救世主様を騙《かた》るとは――！」

「外野はお黙りなさい！」

　血の気が多い兵士を大司教が一喝する。

　兵士は大人しく口を噤《つぐ》んだ。

「それではヨハゼル様、貴方《あなた》はこの裁判に何を望むのです？」

「せめて魔女が弁明できるようにするべきだ。被告の言い分をきちんと聞いてから、本当に死刑にするか決めてもらいたいものだな」

「口枷《くちかせ》を解くことは叶《かな》いません。魔女は魔法を使います。自由に口が利《き》けるようになれば、必ずや呪いの言葉を吐くでしょう」

　それに、と大司教はステラを見下ろす。

「魔女ステラが弁明したところで罪は変わりません。大勢の人々が魔女ステラの魔法を目撃しています。魔法を使っていないと魔女ステラが証明するのは不可能なのです」

「なるほど。それでおまえらの理屈だと、たとえ悪意のない魔法でも、魔法を使った時点でそれは罪になるんだよな？」

「ええ、そうです。魔法は女神様が禁じられたものですから」

　俺はニヤリと心の中で笑う。表情が出せない杖《つえ》で本当に残念だ。

「じゃあ、おまえらは一年に一度は魔法を使っているんだから、全員死刑だな」

礼拝堂にいる人々はぽかん、としていた。

大司教も首を傾《かし》げる。

「はて？　私たちが一年に一度、魔法を使う、と？」

「そうだ。女神降臨祭でおまえらは短冊《たんざく》を書くだろう？　それで願いが叶《かな》うのは魔法だ」

「何を言うかと思ったら……女神降臨祭のときに願いが叶《かな》うのは、女神様の聖なる力のおかげです」

「聖なる力だと？　なら、今ここで短冊《たんざく》を動物に与えてみろ。短冊《たんざく》が魔呪物だと証明できるぞ。女神降臨祭でおまえらは魔呪物を使って願いを叶《かな》えているんだ。あれは魔法なんだよ！」

（ざまあみろ、女神！　おまえの秘密をバラしてやったぞ！）

俺は後ろにある女神像を窺《うかが》う。

ベールの下にある慈愛に満ちた表情に変化はない。

「女神が作った短冊《たんざく》が魔呪物なんだから、当然、女神は魔女だ。おまえらも女神も、全員死刑ってことだな！」

これが俺の切れる精一杯のカードだ。

（威力は絶大なはずだ。自分の信じている神が断罪するべき魔女だと知ったら、この世界の人間は皆、慌てふためくに違いない。裁判どころじゃなくなるだろ）

俺は期待を込めて礼拝堂を見渡す。

けれど――

「……妄言は以上ですか？」

大司教は完璧な微笑を浮かべていた。

その表情を見た瞬間、背筋に怖気《おぞけ》が走ったような錯覚を覚える。それは女神の微笑だ。慈愛に満ちているのに、慈愛なんて一欠片《かけら》もない、作られた笑み。

おぞましいことに、他の修道女たちも全員同じ微笑を顔に貼りつけている。

兵士たちが「そんな馬鹿な……！」と狼狽《うろた》えているのとは対照的だった。

(何だ、こいつら……なんで大司教たちはそんな落ち着いていられるんだ⁉　自分たちの宗教が根底から覆《くつがえ》そうとされてるんだぞ⁉　それなのに、どうして――)

はっと俺は思い至る。

(まさか、大司教たちは女神が魔女だと知ってるのか⁉)

「……バカ。転生してきたばっかのあんたが気付くことくらい、千年もその宗教を守ってきた奴《やつ》らはとっくに知ってるでしょ」

満月《みつき》が退屈そうに囁《ささや》いた。

(そういうことかよ……！)

俺は内心で歯噛《はが》みする。短冊《たんざく》を管理しているのは教会だ。何故《なぜ》、短冊《たんざく》を厳重に扱うのか、教会の人間は当然のように理由を知っている。

大司教たちは女神が魔女だとわかった上で、女神教を守ろうとしているのだ。女神も腹黒なら、教会の奴《やつ》らも真っ黒だった、というわけだ。

「救世主ヨハゼルを騙《かた》る者、貴方《あなた》が女神様を侮辱した罪は後ほど償っていただきます。その前にステラ・ミレジアの判決を下しましょう」

「待て――」

「判決、ステラ・ミレジアを死刑に処す！」

大司教の声が礼拝堂に響き渡り、俺は目の前が真っ暗になった。

……及ばなかった。ステラの死刑を延ばすことすら俺にはできなかった。

放心している俺の前でステラの両脇を兵士が固める。

連れて行かれる際、銀髪の少女は満月《みつき》を振り仰いだ。――いや、満月《みつき》ではない。俺を見たのだ。

その目はまるで「ありがとう」と言うように潤んでいて。

「ステラ！」

魔女と断罪された少女は遠ざかっていく。

俺にはそれを止める術《すべ》はない。

すべては虚《むな》しく、ステラの背中は礼拝堂の分厚い扉の向こうに消えた。

死刑の執行は裁判のすぐ後に行われるらしい。

四人の裁判が終わり、満月《みつき》は修道女に案内されて広場にやってきた。満月《みつき》の持ち物になっている俺も一緒だ。

広場に入った瞬間、四人の少女が磔《はりつけ》になっているのが目に飛び込んでくる。

(ステラ、みんな……！)

クインザ、ステラ、アンリ、フィーナはそれぞれ十字架に両手、両足を縛られて固定されている。ステラには口枷《くちかせ》まで付いていた。

広場には生徒たちがたくさん集まっていて、ワーワーと皆が思い思いの声を上げている。魔女を糾弾する声と女神を讃《たた》える声が入り交じっていた。

「何故《なぜ》、こんなに生徒が集まっているのです？」

大司教は微《かす》かに眉をひそめている。

「今は授業中のはずでは？」

「それがですねえ、魔女の処刑が行われると知ったら、皆が見に行きたいと言い出して聞かなかったんですよ、アハッ」

答えたのは、修道女たちをかき分けてやってきたエイルーナ先生だった。

ぶかぶかのローブを着た小学生みたいな教師を大司教は見下ろす。

「魔女の末路がどういうものか、生徒たちに見せておくのも勉強だと思いませんか？　彼女たちの悲惨な最期《さいご》を見れば、魔法に手を染めようとする生徒も減るでしょう。女神様もきっとお歓《よろこ》びになります」

ニコっ、と微笑《ほほえ》むエイルーナ先生を無視して、大司教は広場に目を戻した。

「救世女様」

大司教が満月《みつき》の元にやってくる。

「これから罪人たちに火を放ちます。しかし魔女は普通の方法では死にません。救世女様には聖なる力で魔女ステラにトドメを刺していただきたいのです」

「リョーカイ」

気がなさそうに言って満月《みつき》は前へ出た。ステラたちのほうへ歩み寄っていく。

「頼む、満月《みつき》……！　ステラを、みんなを助けてくれ！　助けてくれるなら何だってする！　元の世界に帰りたいなら、ステラを殺さなくていい方法を俺が絶対に見つけるから――」

ガン、と満月《みつき》は俺の頭を石畳に打ちつけた。

あまりの痛みに俺の言葉が止まる。

「火を放ちなさい！」

「――《火よ、在れ《イグナリア・ザイン》》！」

大司教の号令で、兵士たちが十字架の根本に積んである薪に火を点《つ》けた。

パチパチと薪が燃え始め、外野の生徒たちから歓声とも悲鳴ともつかない声が上がる。

満月《みつき》が竹刀を手に唱えた。

「《デウス・エスト・モルス》」

竹刀が漆黒に包まれ、異様な輝きを放つ。

『神の力』を纏《まと》った竹刀を構え、満月《みつき》は咆《ほ》えた。

「やァっ――‼」

十字架に掛けられたステラへ突進する少女。

黒髪をなびかせ、満月《みつき》はステラの命を散らすべく竹刀を突き出し――。

（ステラ……！）

思わず俺は目を瞑《つぶ》ってしまった。

バチン、と何かが弾《はじ》け飛ぶ音がして、恐る恐る俺は目を開ける。

そこには、

「なっ……⁉」

口枷《くちかせ》がなくなって驚いているステラがいた。

満月《みつき》の竹刀が口枷《くちかせ》を破壊したのだ。

（どういうことだ……⁉　なんで満月《みつき》がステラの口枷《くちかせ》を……⁉）

「やァっ――‼」

再び満月《みつき》の気合いの声。

今度こそ満月《みつき》はステラの胸へ竹刀を突き出す。

が、解放された魔女が黙っているはずがなかった。

「――《返せ》」

世界は魔女の一言で捻じ曲がる。

虚空《こくう》から漆黒の鎖が生まれ、それは竹刀と衝突した。

俺の胸がドクンドクンと痛み始める。

じゃらり、と鎖が鳴る。ステラの周囲に現れた無数の黒い鎖。それは世界の理を超越した物体だ。石畳からは黒蛇のように鎖が這《は》い出《だ》し、歪《いびつ》な紋様を作って広場を覆い尽くしていく。

「なっ、何よこれ……！」

「魔法だわ！　魔女が魔法を使ったのよ！」

パニックになって後退《あとずさ》る生徒たち。

「ステラさん……！」

隣で磔《はりつけ》になっているフィーナが感極まったように声を上げた。その横にいるアンリも心配そうにこっちを見ている。

ステラの魔法の効果で、四人の足元の火は消えている。縛り付けられているだけで身の危険はない。

十字架の一つから魔女が下りた。

鎖の冠を戴《いただ》いた銀髪の魔女。もはや彼女を妨げるものなど何もない。

手始めにステラが腕を伸ばす。触手のように鎖が放たれ、それは満月《みつき》の背にいた俺に絡《から》みついた。

「キモオタ……！」

満月《みつき》が驚愕《きょうがく》の声を上げたときには、俺はステラの手元に戻っていた。

「わたしの杖《つえ》は渡さない」

普段とは違う、冷え切ったステラの声。

異様な雰囲気を纏《まと》う少女に、はっ、と満月《みつき》は愉快そうな声を上げた。彼女のこめかみに汗が光って見える。

「そうこなくっちゃ。……さあ、ここが一番の見せ場よ。救世女が魔女を倒すんだからね！

──《デウス・エスト・モルス》！」

「《返せ》」

踏み込んだ満月《みつき》の竹刀と、掌《てのひら》から生まれたステラの鎖が、衝突する──。

『神の力』VSステラの魔法。

どちらが勝つのかは決まっている。

満月《みつき》の竹刀は無数の鎖に呑《の》まれ、弾《はじ》き飛《と》ばされた。

「くうっ……！　《デウス・エスト・モルス》！」

すぐさま立ち上がった満月《みつき》が、再びステラに迫る。

が、ステラの鎖が満月《みつき》の行く手を塞いだ。満月《みつき》は竹刀で鎖を斬るものの、幾重にも張り巡らされた鎖は満月《みつき》を逃がさない。

次第に満月《みつき》の息が切れ、明らかに動きが悪くなった。

「……ねえ、あれってどういうこと？」

生徒たちのコソコソとした話し声が聞こえてくる。

「救世女様の御力が魔女に抑えられてない？」

「まさか。女神様から聖なる力をもらった救世女様が、呪われた魔女に負けるはずがないわ」

話し声が耳に入ったのか、満月《みつき》は竹刀を振り回して鎖を一気に断ち切る。

「魔女ステラ、覚悟っ――！」

気合いの声とともに満月《みつき》は踏み込み、渾身《こんしん》の突きを繰り出した。

ステラに迫る竹刀。

次の瞬間、竹刀から無数の鎖が噴き出した。

「っ！」

その場にいる者が皆、息を呑《の》む。

満月《みつき》の竹刀はステラの鎖に覆われたことで『神の力』を喪失していた。

ただの鎖の塊に成り果てた竹刀に、満月《みつき》が呆気《あっけ》に取られる。

刹那、禍々《まがまが》しい鎖が満月《みつき》の目前に迫った。

最悪の結末に誰もが目を覆ったときだった。

救世女が死ぬ。

純白の光が降り注ぐ。

（はっ、お出ましかよ、女神！）

救世女が魔女に敗れるのはよほどマズいことらしい。

俺は光が女神の形になるのを待った。が、いつまで経《た》っても光は収束しない。それどころか
どんどん強くなって辺りを純白に染め上げていく。

強烈な光の中、意識が引っ張られる感じがした。

（これは……神座に転送されるやつ！）

既視感を覚えると同時に俺の意識は白で塗り潰された。

＊＊＊

ふと気が付くと、俺は高い天井のある空間にいた。

（あー、ここは……）

神座だ。

どうやら本当に神座に転送されてしまったらしい。

学ラン姿の男子高生になった俺は、モニターだらけの壁を前に立ち尽くしていた。手首に巻きついた鎖の重さを感じる。凝り固まった首を回していると、

「何、ここ……」

後ろからステラの声が聞こえてきた。

はっと俺は振り向く。

杖《つえ》を背負った銀髪の少女は、壁にぎっしり並んだ無数のモニターを見渡していた。

「どういうこと……？　何なの、ここは……」

「女神のいる場所、神座だ」

俺が言うと、ステラは初めて俺に目を留《と》めた。

彼女の眉が寄る。

俺の顔から足先までをじっくりと観察した後、ステラは不信感丸出しで言った。

「……あんた、誰？」

（そうだよな……そうなるよな……）

別にショックだとは思わない。

そもそもオタクという生き物は、推しの認知を必要としないのだ。

推しが幸せであればオタクは十分であり、推しがオタクを認識しているか否《いな》かなど、推しの笑顔に比べたら些末《さまつ》なことだ。

だから、俺は迷った。この冴《さ》えない陰キャオタクがステラの精霊だと明かすべきかどうか。残念ながら、自分のビジュアルに自信はない。俺が「オタク」だと知ったら、ステラは幻滅してしまうかもしれない。俺はステラを失望させたくないのだ。

俺が言《い》い淀《よど》んでいると、

「キモオタ！」

横から満月《みつき》が怒鳴ってきた。

「あんたっ……あんたねえ……！」

唐突に胸倉を摑《つか》まれる。満月《みつき》は俺の襟を締め上げ、こっちを激しく睨《にら》みつけてきた。

「み、満月《みつき》、どうした……？」

「どうしたじゃないわよっ」

嚙《か》みつくように叫ぶ満月《みつき》。

何かそんなに怒られるようなことをしたか……？　と考えているうちに、俺は気付いた。満《み》月《つき》の目が微《かす》かに潤んでいる。

「満月《みつき》……？　なんで泣いて――」

「なっ、泣いてないわよ！　久しぶりにあんたの間抜けな顔を見たからって、泣くわけないでしょう!?」

そういえば、俺は元の世界では病院で意識を失っているんだった。

異世界に来ても俺は杖《つえ》。顔が見れなければ、心配に思うに決まっている。

「すまん、満月《みつき》。心配かけたな」

「は？　誰がキモオタのことなんて心配するのよ！　涙が出かけてたのは、あんたの顔が相変わらず冴《さ》えないから哀れんでいただけよっ！」

なんて嘘《うそ》くさい言い草だ。だが、とても満月《みつき》らしい物言いである。

「オタク、なの……？」

呆然《ぼうぜん》とステラが言った。

俺と満月《みつき》のやり取りで俺の正体に気付いたようだ。

ステラは俺をじっと見上げている。

彼女の真《ま》っ直《す》ぐな視線に気恥ずかしさを覚えながらも、俺は頷《うなず》いた。

途端にステラの顔が沸騰したみたいに赤くなっていく。

「……どうしたんだ、ステラ？」

俺が言うなり、ステラはすぐに顔を背けてしまった。

「な、何でもないわっ」

モジモジするステラにがっかりした様子は見られない。ひとまず失望はされていないみたいで、よかったと思った。

ステラを見ていた満月《みつき》がふん、と鼻を鳴らす。

「何、あんた。キモオタの顔を見てもまだ引かないわけ？　趣味悪すぎるんじゃないの？」

「違っ……！　破廉恥でふしだらなオタクにしてはマトモそうだと思っただけよ」

負けじと言い返したステラは、それより、と腰に手を当てた。

「どうしてわたしたち三人が、こんな意味不明な場所にいるわけ？」

モニターという電子機器を見たことがないステラにとって、この近未来的な空間はさぞかし不思議なものとして目に映っているに違いない。

「意味不明な場所というか、神座だけどな」

「あんた、昨日の授業、聞いてたんじゃないの？」

満月《みつき》は肩を竦《すく》めてステラに言う。

「魔女が救世主に攻撃したとき、女神様が介入したんでしょ？　それと同じことが起こっただけじゃない」

聞いていないようで、満月《みつき》はメルヴィア先生の授業をちゃんと聞いていたようだ。

「魔女《わたし》が救世女《あんた》を攻撃したから……？」

「そ。魔女によって救世女のわたしが危機的状況になれば、女神サマは必ず出てくると思っていたわ。ここにわたしたちが飛ばされたのは予想外だったけど」

満月《みつき》の話を聞いていて、俺は「ん？」と思った。

「てことは、満月《みつき》。さっき、おまえはわざとステラの口枷《くちかせ》を壊したのか……？　ステラに魔法を使わせるために」

「当たり前でしょ。わたしが狙いを外すとでも思ってるの？」

「じゃあ、元の世界に帰るためにステラを殺すと言っていたのは――」

もし本気でステラを殺したいなら口枷《くちかせ》を破壊せずに、『神の力』でステラの身体《からだ》を貫けばよかっただけのはずだ。

俺の問いかけに、満月《みつき》はキッと俺を睨《にら》んだ。

「わたしが元の世界に帰れるからって、殺人までするわけないでしょ⁉」

「――っ！」

やっぱりだ！　満月《みつき》は俺が知っている満月《みつき》だった。俺が抱いていた違和感は完全に正しかったわけだ。

すっきりした俺の顎に、満月《みつき》は竹刀を突きつける。

「あんたねえ、わたしが目的のためなら殺人も平気でするような人間だと思ってたわけ？　十年以上幼馴染《おさななじみ》やっててその程度？　脳ミソ腐ってんじゃないの？」

「違っ……！　ヘンだと思ったから、俺は追及しただろ⁉　満月《みつき》がそんなことするはずないって。そしたらおまえが怒り出して――」

「そこはわたしを信用して、深くは聞かないとこでしょ⁉　あんたにとってわたしはそんなに信用が置けない存在なわけ⁉」

「ぐえ、苦しい……。満月《みつき》、竹刀をどけてくれ……！」

「えっと……」

置いてきぼりのステラが俺と満月《みつき》を見比べている。

「ミツキは、わたしを殺すつもりは最初からなかったってこと……？」

ふん、と満月《みつき》は俺を放した。

「少なくとも、あんたと聖女学園体験をしているときにはなかったわ。わざわざあんたに『殺す』と告げたのは、そうじゃないとあんた、魔法を使わないでしょ。あんたが本気で魔法を使ってくれないと、この計画は失敗だったんだから」

「少なくとも？」

言い方に引っかかる。

「ということは満月《みつき》、最初はステラを本気で殺すつもりだったのか？」

ふい、と満月《みつき》は顔を背けた。

何だろう。まだ彼女は何かを隠している、と俺は直感した。

「おい、満月《みつき》――」

「ふふっ、妾《わらわ》を困らせることで妾《わらわ》をおびき出したのですか。賢《さか》しい人間ですね」

甘ったるい猫なで声に全員に衝撃が走った。

神座の奥には階段が現れ、燦然《さんぜん》と輝くローブを纏《まと》った大人の女性が立っていた。慈愛に満ちた微笑を顔に貼りつけたまま、女神は言う。

「神座へようこそ、異世界の人間たち。そして、〈束縛〉の魔女ステラ」

「女神っ！」

っ、とステラがたじろいだ。

「……嘘《うそ》……本物の、女神様……？」

ステラの身体《からだ》が震えている。ガタガタと震える肩に、俺は思わず手を置いた。

はっとステラがこっちを見る。

「大丈夫だ。何も畏れなくていい」

ステラの表情は変わらなかったが、肩の震えは小さくなっていた。

カツ、カツ、とヒールの音を立てて女神は階段を下りてくる。

「カグヤミツキ、失望しましたよ。魔女を殺すと言うから救世女にしたのに、まさか己の使命を放棄するとは」

「女神、あんたわたしに嘘《うそ》をついたわね」

満月《みつき》は神々《こうごう》しい女神を前にしても怯《ひる》む様子はない。

「キモオタは悪い魔女に囚《とら》われてて元の世界には帰れない。あんたはそうわたしに説明したけど、単にキモオタが推し活してて帰る気がないだけじゃない！」

「いいえ、それは違います」

女神は俺を指さした。

「彼の四肢を見なさい。魔女ステラの魔法が、彼を囚人のように繋《つな》いでいるのがわかるでしょう」

満月《みつき》もステラも俺の手足を見た。

そこには黒い鎖が絡《から》みつき、長い鎖が床を這《は》っている。俺は反射的に、ステラの目から鎖を隠すように身体《からだ》を動かしていた。

「その鎖が解けない限り、彼が元の世界に帰るのは不可能です。妾《わらわ》は貴女《あなた》にありのままの真実を教えました」

「この鎖……わたしが……？」

ステラは呆然《ぼうぜん》と、俺の手首から伸びる鎖を見つめている。

ふっと女神は笑い、両腕を大きく広げた。

「さあ、カグヤミツキ、魔女ステラを殺すのです！　でなければ貴女《あなた》の願い――『キモオタの意識を戻して』は叶《かな》いませんよ！」

しん、と一瞬、神座が静まり返った。

ステラが小さく声を上げて、満月《みつき》を見る。

「え……？」

（は……？）

俺も理解が追いつかなかった。

満月《みつき》は確か、自分が元の世界に戻るためにステラを殺すと言っていたはずだが――。

横にいる満月《みつき》を見ると、彼女は俯《うつむ》いてわなわなと震えていた。握り締めた拳も、黒髪から覗《のぞ》く耳も、湯気が立ち昇りそうなほど真っ赤だ。

これはもしかしなくても、恥ずかしがっている……？

「なあ、満月《みつき》――」

「違うからっ！　あ、あんたなんかのために魔女を殺そうとするわけないじゃない！　キモオタのくせに自惚《うぬぼ》れないでよ……！」

「ふふっ、貴女《あなた》のほうが嘘《うそ》つきのようですね。貴女《あなた》の書いた短冊《たんざく》を妾《わらわ》はしっかり覚えていますよ。妾《わらわ》が貴女《あなた》の願いを叶《かな》えるため、貴女《あなた》を彼と同じこの世界に召喚し、魔女を殺す力を授けたのです。忘れたわけではないでしょう？」

「だだだ黙りなさいよっ、お喋《しゃべ》り女神っ！」

満月《みつき》は金切り声で叫んだ。その目がグルグルと彷徨《さまよ》っている。

（マジ、かよ……）

ここまで満月《みつき》が取り乱すとは、女神の言葉が真実なのだ。

満月《みつき》に抱いていた違和感の正体がやっとわかった。

自分が帰るためにステラを殺そうとするのは満月《みつき》らしくない。だけど、俺を帰すためにステラを殺そうとしていたなら——辻褄《つじつま》が合う。

（俺のためにそこまで……）

胸がぎゅっと締め付けられた。

温かくて、くすぐったくて、照れくさい感じが込み上げてくる。

俺はチラ、と目だけで満月《みつき》を窺《うかが》った。

同じようにこっちを窺《うかが》う満月《みつき》と一瞬だけ目が合ったが、彼女は光の速さで俺から目を逸《そ》らしてしまう。

「か、勘違いするんじゃないわよ。わたしはあんたに誤解されたままじゃ嫌だっただけなんだから」

「誤解？」

「バレンタインデーのことよ！」

満月《みつき》が怒鳴る。

ああ、と俺は転生した日のことを思い出した。

「何が誤解だったんだ？」

「っ、あんたに毒見用のチョコを渡したとき、教室の外にはクラスメートがいてこっちを覗《のぞ》いてたの！　わたしがキモオタに本命チョコをあげたと思われたらたまらないでしょ？　だからあのとき、つい……」

完全に理解した。

満月《みつき》は俺が嫌いで、ガチトーンのキツい言葉を言ったわけではなかったのだ。ツンツン疑惑は解消された。満月《みつき》は正真正銘のツンデレだった。

「はあぁ、そういうことかあ……。なんか肩の力が抜けたわ。俺はてっきり、満月《みつき》に昔から嫌われていたんじゃないかと――」

「そ、そうよ。あんたなんて大っ嫌いなんだから、バカキモオタっ」

「でも俺の誤解を解きたくて、わざわざ異世界まで来てくれたんだよな？」

「～～～、だって！　あの後あんたが死んだら、まるでわたしのせいみたいじゃない！　そんな面倒なこと御免だわっ」

とても合理的とは言えない言い訳だ。

面倒と言うなら、異世界までやって来て魔女を殺すほうがよっぽど面倒なのに。

「どうしたのです、カグヤミツキ？　ここで諸悪の根源である魔女ステラを殺しなさい。貴女《あなた》の願いの成就《じょうじゅ》のために！」

「……あんたって恋愛したことないでしょ」

満月《みつき》がぼそっと呟《つぶや》いた。

女神の眉が跳ね上がる。

「それは妾《わらわ》に言っているのですか、カグヤミツキ？」

「そうよ。あんた以外に誰がいるのよ、干物女神！」

干物⁉　と女神が目を剝《む》く。

「好きな人《キモオタ》の好きな人を殺せるわけないじゃないっ！」

頰を紅潮させて叫んだ満月《みつき》。

……どうしてだろう。相変わらずキモオタ呼ばわりなのに、なんだか俺まで恥ずかしくなってきた。

くっ、と女神が喉の奥で嗤《わら》った。

「はははは っ！　異世界人とは揃《そろ》いも揃《そろ》って愚かなのですね。絶対的な神である妾《わらわ》を侮辱し、あまつさえ楯突《たてつ》こうとは！」

「あんたは神じゃないだろ、魔女アマンダ」

ぴたりと女神の哄笑《こうしょう》が止《や》んだ。

射殺すような威圧感のある視線が俺に向けられる。

「小童《こわっぱ》、今、妾《わらわ》を何と呼んだ？」

「魔女アマンダ。それがあんたの本当の呼び名だろうが。まあ、事実だから、そうムキになるんだろうけど」

女神の表情から笑みが消えた。

「調子に乗るなよ、人間。妾《わらわ》が何のために貴様らを神座に招いたと思っている？　役に立たない虫ケラどもを始末するためだ！」

「ほら、本性が出た」

嘲笑《あざわら》う俺に女神は杖《つえ》を向けた。

「《火よ、在れ《イグナリア・ザイン》》！」

真っ赤に燃える巨大な槍《やり》が杖《つえ》の先から生まれる。

それは赤い軌跡を残しながら、俺へと一直線に迫った。

咄嗟《とっさ》に俺は腕に鎖を巻きつけて防ごうとする。

が、炎の槍《やり》が俺に届くより早く、見慣れたセーラー服が俺の前に立った。

「運動音痴のキモオタは引っ込んでなさいよっ。――《デウス・エスト・モルス》！」

満月《みつき》の手の中で竹刀が黒く染まる。

「やァっ――――‼」

『神の力』を纏《まと》った竹刀で、満月《みつき》は炎の槍《やり》を斬り上げた。

炎の槍《やり》は『神の力』に触れて呆気《あっけ》なく消える。

満月《みつき》は女神に竹刀を突きつけた。

「始末できるもんなら始末してみなさい。わたしを利用しようとしたこと、後悔させてやるわ」

「愚かな。後悔するのは貴様のほうだ！」

女神は杖《つえ》を掲げる。

ざあっ、とどこからか大量の紙が流れるような音が聞こえてきた。女神の足元に小さな紙――短冊《たんざく》が集まり、山を築き始める。

「妾《わらわ》が与えた力で妾《わらわ》に勝てると思ったか？　身の程を知るがいい！　――《結べ》！」

短冊《たんざく》の何枚かが漆黒の光線に変わり、俺たちに迫る。

「満月《みつき》っ！」

俺は彼女を押し退《の》けて前に出る。

女神の言う通り、女神固有の魔法を使われたら『神の力』じゃ勝ち目がない。せめて鎖で武装した俺が盾になる！

「っ――！」

漆黒の光線が何本も鎖に衝突し、俺は満月《みつき》もろとも吹っ飛ばされた。衝撃がデカすぎて踏ん張れなかった。

後ろの壁に叩《たた》きつけられるはずが、俺は妙に柔らかいものをクッションにして止まる。

手で触れて確信する。これは満月《みつき》だ。

「す、すまん……」

慌てて退《ど》くと、満月《みつき》は赤くなった顔で俺を睨《にら》みつけてくる。

「あんた今、わたしの太腿《ふともも》触ったでしょ」

「申し訳ない……反省してます……」

「反省なんかで済むと思ってんの⁉」

満月《みつき》の怒りは収まらない様子だったが、今は女神と戦闘中だ。

俺が女神のほうを窺《うかが》うと——

「どうして女神様が人を殺そうとするのですか？」

女神に一人の少女が対峙《たいじ》していた。

神座の中にあっても、その銀髪は白く煌《きら》めいている。純真無垢《むく》な眼差《まなざ》しでステラは女神を見据える。

「殺す者は災いである。平和を愛する女神様がそう定められたのではありませんか。それなのにどうして彼らを殺そうとするのですか」

「魔女に与《くみ》する者には天罰が下される。妾《わらわ》はそうとも記したはずだが？」

「オタクはともかく、ミツキはわたしの味方とは言っていません！　ミツキには女神様が聖なる力を与えられたんですよね⁉　救世女にまでしたミツキをどうして——」

「下らない質問はやめろ、魔女ステラ」

女神は苛立《いらだ》たしげに顔を歪《ゆが》めていた。

ステラが思わず黙り込む。

「貴様も心の底では理解《わか》っているだろう。妾《わらわ》と貴様は決して相容《あいい》れぬ、同胞だということを！」

「待って」と満月《みつき》が立ち上がった。

「それって自分は女神じゃなくて魔女だって認めるってこと？」

「その蔑称を口にするなっ！」

声を荒げた女神に、満月《みつき》が一瞬怯《ひる》む。

「魔女とは蔑称だ。千年よりはるか昔、人間が我らを狩るため、そう名付けたに過ぎない。忌《い》まわしい迫害を呼び起こす蔑称で妾《わらわ》を呼ぶでない！」

瞳孔が開いた女神は満月《みつき》からステラに目を移す。

ふっと嘲るように女神は笑った。

「何故《なぜ》己が殺されねばならないのか、わかっていない顔だな、魔女ステラ。安心して死ねるよう、妾《わらわ》が教えてやろう」

そこで区切った女神は、静かに問う。

「魔女ステラ、貴様は聖法《せいほう》がない世界を想像できるか？」

俺と満月《みつき》が見守る中、ステラは呆気《あっけ》に取《と》られて呟《つぶや》いた。

「聖法《せいほう》がない世界……？」

「事実、千年前までこの世界に聖法《せいほう》はなかったのだ。人々は自らの知恵と技術をもって、天を翔《か》ける乗り物や数百人が住める塔など、いろいろなものを作った」

「それって、聖典に書かれていた空飛ぶ馬車や銀の塔……？」

「そうだ。聖法《せいほう》が存在しない大陸では、人々の知恵により文明が花開いていた。その一方で、我らのように魔法を使う者もいた」

（女神が魔法を使っていると認めた……！）

ステラもそれに気が付いて息を呑《の》む。

「魔法は誰でも使えるわけではない。我らの数はあまりにも少なく、魔法を使えない大多数の人間は未知なる魔法に恐《おそ》れ慄《おのの》いた。そして人々は魔法を扱う者を魔女と呼び、文明の力をもって迫害を始めたのだ」

ぎり、と女神の杖を握る手に力がこもる。

「魔女発見器、魔女狩り、魔女裁判、魔女処刑具……どれもこれも忌《い》まわしいものばかりだ！　我らは魔法を使えるというだけで人間に疎《うと》まれ、害獣のように命を狙われた。定住の地はなく、人間の目に怯《おび》え、文明が作った兵器から逃げる日々を送っていた。――貴様に想像できるか、魔女ステラ？」

女神の怒声に気圧《けお》されながらもステラは返す。

「……でも、万魔時代では魔女同士が戦っていたって……」

「それは偽りだ。争っていたのは人間と魔女。だが、後世の人間には、魔法を使える魔女と魔法が使えない人間が争っていたなど、想像もつかなかったのだろう。無理もない。しかも、万魔時代には我々は追い詰められていたのだからな」

「魔女が、追い詰められてた……？」

「先も言った通り、我々は圧倒的に数が少なかった。個人によって魔法の特性は異なるため、魔女同士が共闘することもなかった。一方、人間たちは統制された軍隊を差し向けて来た。一対数十万だ。魔法があっても無傷では済まない」

軍隊は当時の文明で武装していたのだろう。飛行機や高層ビルみたいなのがあったらしいから、銃火器もあったと推測できる。

「〈服従〉の魔女リリアナ、〈劫火《ごうか》〉の魔女マルベラ辺りは戦闘向きの魔法だったため、嬉々《きき》として人間を殺していった。人間を全員殺せば戦いは終わる。彼女たちはそう言っていた。だが妾《わらわ》の魔法は違う。妾《わらわ》は血を流すことなく戦いを終わらせたかった」

平和を愛する、とは偽りではなかったらしい。

女神は天を仰ぎ、目蓋《まぶた》を閉じる。

「妾《わらわ》は考えた。そもそも文明と魔法、二種類の力が存在するから争いは起こるのだ。だったら、魔法だけにしてしまえばいい」

「え……？」とステラが小さく声を発した。

（魔法だけ、だと……？）

俺も眉をひそめる。

「妾《わらわ》は魔法の中でも発動条件が才能に依《よ》らない精霊魔法に目を付けた。精霊魔法は精霊と意思疎通さえできれば、誰でも発動できる。だから、妾《わらわ》は魔法ですべての精霊と契約し、精霊がすべての人間の声に応えられるようにしたのだ」

「それじゃあ、聖法《せいほう》は――――！」

「千年前は精霊魔法と呼ばれていたものだ。妾《わらわ》の魔法を介してはいるが、『聖法《せいほう》』は厳密には魔法なのだ」

ステラが絶句する。

（聖法《せいほう》も魔法も五十歩百歩だと思っていたが、まさか本当に魔法の一種だったとは……）

俺もびっくりだ。

「妾《わらわ》は『聖法《せいほう》』を人間たちに教え始めた。人々の間で『聖法《せいほう》』は急速に広まった。何の知恵も技術も必要なく、ただ詠唱するだけで文明に匹敵した効果が生まれるのだ。文明を維持してきた高度な学問を修める者はいなくなり、ものの数十年で文明は廃れ、『聖法《せいほう》』に取って代わられた。そうして、我々を迫害する者はいなくなったのだ」

「何言ってんだ？　魔女は今だって迫害されてるじゃないか。魔女だとわかったら処刑されるんだろ？」

俺のツッコミに、女神はふっと笑う。

「万魔時代が終わり、千年が経《た》つ。その間に魔女が処刑されたことはあったか？」

俺はステラを見た。

ステラは頷《うなず》き、答える。

「女神暦になってから、魔女はそもそも生まれていない。わたしの事例が千年以上ぶりだから、皆すごく騒いでる」

「おめでたい考え方だ。千年間、魔女が生まれない――そのようなことあるわけなかろう」

「何だって？」

「女神暦になってから、魔女が生まれなくなったのではない。魔女の存在が表に出なくなったのだ！　魔法ではなく、聖法《せいほう》を使えばよいのだからな」

魔女の存在が表に出なくなった。――それは魔女が密《ひそ》かに存在していたことを意味している。

いや、今現在もステラ以外に魔女は存在しているのだ。

「加えて妾《わらわ》は『魔法を求める者には灼熱《しゃくねつ》の地獄が訪れる』と聖典に記した。聖法《せいほう》から逸脱した魔法が露見せぬよう、魔女たちを戒めたのだ。魔法の才覚を持つ者たちは皆、自らの力を隠した。それによって、世界は聖法《せいほう》という唯一の力に統一されたのだ！」

女神はドン、と杖《つえ》を床に打ちつける。

「すべては二種類の力が存在するのを防ぐため、争いのない平和な世界を築くためだ」

「……争いのない、平和な世界……」

呆然《ぼうぜん》とステラが反芻《はんすう》する。

奇《く》しくもその目的はステラと同じだ。

ステラも平和な世界を作りたくて、聖法《せいほう》が使えないのに聖女学園に入ったのだ。

「魔女ステラ、これで貴様が世界の害悪だとわかっただろう」

女神が杖《つえ》を振ると、短冊《たんざく》がそれに合わせて舞い上がる。

「平和な世界のために逝《ゆ》くがいい。――《結べ》！」

世界が捻《ね》じ曲がる。

無数の短冊《たんざく》が虚空《こくう》に浮き、一枚一枚が漆黒の光線に変わった。それらはステラを屠《ほふ》るべく一直線に迫る。

これだけの殺気に晒《さら》されても、ステラはまだ明かされた事実を受け止めきれないのか、動かない。

「ステラっ！」

俺はステラを庇《かば》うように前に出ていた。

はっと息を吞《の》む音が背後でする。

「オタクっ……！　――《返せ》！」

ドクン、と俺の心臓が脈打つ。

周囲に鎖が顕現し、光線と真っ向からぶつかり合った。

バチバチッと熱い油に水を落としたような凄《すさ》まじい音が神座に反響する。

はあ、はあ、とステラは荒い息をついていた。俺を守るためになんとか魔法を発動させたようだが、女神の言葉が彼女の心身にダメージを与えている。

それを俺が黙って見ていられるわけがない。

「おい、女神！　あんた、他の魔女の存在は見過ごしてるってことだろ⁉　なんでステラだけが死なくちゃいけないんだよ！」

「まだわからぬのか。それは魔女ステラの特性が、妾《わらわ》の特性を打ち消すからだ！」

無数の鎖と無数の光線がぶつかる中、女神の眼光はステラを貫く。

「妾《わらわ》は精霊と契約し、聖法《せいほう》を世界に普及させた。それによって平和な世界を築いたというのに、魔女ステラの束縛は妾《わらわ》の契約を無効にしてしまう。妾《わらわ》の契約を維持するため、世界中の人間が聖法《せいほう》を使い続けられるようにするため、〈束縛〉の魔女ステラには死んでもらわねば困るのだ！」

〈束縛〉の魔女ステラ。

〈契約〉の魔女アマンダ。

どちらも相手を縛ることに変わりはなく、共存は為《な》しえない。

「……わたしが聖法《せいほう》を使えなかったのは、女神様の契約を打ち消してたから……？」

掠《かす》れた声でステラは呟《つぶや》く。

「……わたしがいるから、世界は……」

「ステラ、女神の言葉に耳を貸すな。ステラが負い目を感じる必要なんてない！」

女神の鋭い視線が俺に移った。

「人間、貴様はまだ魔女ステラを庇《かば》うのか！　どちらが世界のためになっているかは明白だろう！」

はっ、と思わず俺は笑ってしまった。

「生憎《あいにく》、俺は世界なんてどうでもいいんだよ。俺の推しが生きてて、幸せに笑ってくれれば、世界がどうなろうと知ったことか！」

「無責任な異世界人め……！」

「何とでも言え！　俺は世界よりステラが大事なんだ！」

学ランの背中で軽微な感触があった。

ステラだ。彼女が俺の背中に額を付けている。震えが伝わってきた。その表情が見れないのを残念に思う。

「……どいつもこいつも、妾《わらわ》の想《おも》いがわからぬ蒙昧《もうまい》な者どもが！」

女神が杖《つえ》を持っていない左手を掲げる。

短冊《たんざく》の山からまるで生き物のように短冊《たんざく》が飛び出し、そこに集まるが――

「《デウス・エスト・モルス》！」

ずっと沈黙していた満月《みつき》が詠唱した。

「やァっ――――‼」

漆黒の竹刀を手にした満月《みつき》は女神に斬りかかる。

女神は左手に集まった短冊《たんざく》をバリアのようにして、それを防いだ。

「貴様……！」

「女神サマ、血を流さずに世界を平和にするって志は立派かもしれないけど、キモオタたちを殺そうって言うなら、わたしだって黙ってないわ」

「満月《みつき》、助かる……！」

「べ、別にあんたを助けたいわけじゃないんだから！　目の前で知り合いが殺されるのが嫌だっただけよっ」

これで実質一対二だ。

女神は右手の光線でステラの鎖と相対し、左手でバリアを作って満月《みつき》を防いでいる。短冊《たんざく》はどんどん黒く変わっていき、女神に力を供給している。

が、どういうことだろう。短冊《たんざく》の山は一向に減る気配がない。

「うっ……」

唐突に俺の胸がずしんと重くなり、俺は堪《たま》らず膝をついた。

(痛い。苦しい。何だこれ……)

「オタク……!?」

ステラの声が妙に遠くに聞こえる。

「ふっ、ははははっ！　もう限界か、魔女ステラ！　妾《わらわ》と力比べをしようとは一万年早い！」

女神が高笑いをしていた。

ステラも俺もよくわからないでいると、女神は勝ち誇った顔で問う。

「魔女ステラ、何故《なぜ》妾《わらわ》たちの使う力が魔法——魔なる法と呼ばれるのか、知らぬのか？」

笑みを浮かべて見下ろしてくる女神。

嫌な予感がする。

「魔法は清廉なる奇蹟《きせき》ではない。純粋な願いの結晶でもなければ、美しい努力の結実でもない。魔法とは、人の命を代価にした呪いだ」

命を代価。

俺は痛む胸をぎゅっと押さえる。

「それじゃ、まさかステラの魔法は……！」

満月《みつき》が声を上げた。

頼むからそれ以上言ってくれるな、と俺が願う中、女神は言った。

「そう。魔女ステラの魔法は、鎖で繋《つな》いだその小童《こわっぱ》の寿命を代価に発動している」

……どうりでステラが魔法を発動する度、俺の胸が不自然に脈打つわけだ。

え、とステラが微《かす》かな声を洩《も》らす。

銀髪の少女は静止していた。

彼女の頭に巻かれていた鎖の冠が消える。同時にすべての鎖が消失していた。

鎖が受け止めていた黒い光線が一気にこっちに迫り――

俺は力を振り絞ってステラを引き倒していた。

俺たちの上を無数の光線が薙《な》いでいく。床に伏せたまま俺はステラに怒鳴った。

「何やってんだ、ステラ！　魔法を止めるな！　死ぬぞ！」

「だって、だって、オタクが……！」

動転していてステラは言葉にならないようだ。俺はステラに魔法を使わせるべく、頭を働かせる。

「そんなに俺が大事なのか⁉　ふしだらで破廉恥でいかがわしいオタクの命がそんなに惜しいのかよ……！」

「大事に決まってるじゃないっ！」

即答されてしまった。

ステラは真剣な顔で俺を見つめる。

「あんたはわたしの精霊でしょ！　わたしと一緒にいてくれるって言ったじゃない！　あんたの命を犠牲にして、わたしが救いたいものなんてないっ！」

……俺の作戦は失敗だ。ツンデレのデレを引き出してしまった。貴重なデレが見られて嬉《うれ》しい。嬉《うれ》しいけど、今はそれどころじゃない。

「はははは っ！　死ぬがいい、魔女ステラ。《結べ》！」

哄笑《こうしよう》を上げた女神が俺たちに特大の光線を放つ。

「やァっ――――!!」

満月《みつき》がそれを受け止めるものの、

「くはっ……！」

すぐに跳ね飛ばされてしまった。

女神が全力を出したら満月《みつき》など相手にもならないのだ。

「満月《みつき》っ！」

跳ね飛ばされたセーラー服の少女は俺をクッションにして止まった。

すぐさま俺の上からどいた満月《みつき》は何事もなかったように立ち上がり、竹刀を構える。

「どうすんのよ、キモオタ。わたしの力じゃ女神を抑えられないいんだけど」

「わかってる！　……おい、女神！」

短冊《たんざく》を繰り、次なる攻撃を仕掛けようとしていた女神に俺は呼びかけた。

「あんただって魔法を使ってるってことは、人の命を代価にしてるんだろ⁉　あんたの魔法は誰の命を使ってるんだよ！」

ふっ、と女神は嗤《わら》う。

「この世界の人間、すべて」

「は……？」

思わず俺は間の抜けた声を洩《も》らした。

「世界の人間、すべてだって……？」

予想外の回答だ。

「どうやってそんなことしてんのよ⁉」

満月《みつき》が問う。

女神は口元を歪《ゆが》めた。

「これこそが女神降臨祭の本当の意義だ。妾《わらわ》の短冊《たんざく》は契約書。短冊《たんざく》に願いを書いた者は、妾《わらわ》に寿命の一部を差し出すという契約を結んでいるのだ。秘密裏にな」

なんてこった、と思った。

願いを叶《かな》える代わりに命をもらう――これはまさしく悪魔の手口じゃないか。

「それじゃあ、みんな、知らないうちに女神様に命を捧《ささ》げてるってこと……？」

ステラが思わず口を挟んだ。この世界に生きてきて、女神降臨祭を純粋に楽しんできたステラの衝撃は計り知れない。

「そんな不平等な契約していいわけ？」

満月《みつき》も呆《あき》れたように問うが、女神は平然としていた。

「不平等だと？　聖法《せいほう》を維持するため、すべての精霊と契約するには莫大《ばくだい》な魔法が必要なのだ。当然、代価も莫大《ばくだい》になる。それを人間が自ら負担しているにすぎない。すべての寿命を奪っているのではないのだから、妾《わらわ》は良心的なほうだろう。魔女によっては、人間を殺して代価にしているのだからな」

女神はステラを見下ろし、両手を掲げた。そこに短冊《たんざく》が集まっていく。

「年に一度の降臨祭で、世界中の人間たちが妾《わらわ》に命を差し出してくれる。それを妾《わらわ》は千回以上も行っているのだ。たった一人の命の代価しか持っていない貴様とは、格が違うと思い知れ、魔女ステラ！」

女神がどれだけ短冊《たんざく》を使っても、一向に減らない訳がわかった。

（確かに世界中の人間の命が相手じゃ、いくら俺が命をすり減らしたところでステラに勝ち目はない。それに……）

俺はそっとステラを窺《うかが》い見る。

ステラはへたり込んで立つ気配がない。彼女にはもう魔法は使えない。

(俺もステラも満月《みつき》も、女神に対抗する術《すべ》はない。それなら取れる手段は一つだけだ！)

「これで終わりだ、魔女ステラ。平和な世界を乱す害悪め――！」

女神が掲げたブラックホールみたいな漆黒の塊。

それを脇目に、俺はステラの背から杖《つえ》を取った。

「借りるぞ」

え、とステラが目を上げる。

俺は満月《みつき》に叫んだ。

「満月《みつき》、ほんの少しでいいから女神の相手をしてくれ！」

「はあぁ!? 無茶なこと言ってんじゃないわよ！」

と言いつつ、満月《みつき》は女神に竹刀で斬りかかっていく。頼もしい幼馴染《おさななじみ》で助かる。

俺はイメージを明確にして唱えた。

「――《土よ、在れ《テラリア・ザイン》》」

神座の真ん中に、三角錐《さんかくすい》の巨大なドリルが現れた。

女神が一瞬呆《ほう》け、「ははははっ！」と哄笑《こうしょう》を上げ始める。

「血迷ったか！　聖法《せいほう》で何を作ろうと、妾《わらわ》の魔法に敵《かな》うわけがなかろう！」

「その通りだ。これは、あんたの魔法に対抗するためのものじゃない」

言うなり俺は、巨大なドリルの先を神座の床に突き立てた。

ガガガガッ、とドリルは回転して床を削り始める。

女神の顔色が変わった。

「な、何を……⁉」

「あんたの魔法に太刀打ちできないのはわかったよ。だったら、俺たちは戦闘から離脱させてもらうぜ！」

別に俺たちは女神を倒しに来たわけではない。ここから逃げて生き延びられればそれで十分だ。

さあ、どんどんいくぞ。

俺はさらに唱える。

「《土よ、在れ《テラリア・ザイン》》、《土よ、在れ《テラリア・ザイン》》、《土よ、在れ《テラリア・ザイン》》……！」

巨大ドリルの数を増やし、神座の床を破壊していく。神座が天にあるなら、床を抜けば脱出できるはずだ。

「おのれ、妾《わらわ》の神座を……！　《結べ》！」

「やァっ――‼」

女神は光線を放ち、ドリルを壊そうとするが、満月《みつき》が辛《かろ》うじて光線を受けてくれる。

急がなければ。俺はまた追加で唱えた。

「《水よ、在れ《アクアリア・ザイン》》《火よ、在れ《イグナリア・ザイン》》！」

イメージしたのはアルコールと火。

くらえ、大爆発！

ドオオン、と神座に火柱が立ち昇り、穴だらけになっていた床が崩壊した。

俺たちは全員、虚空《こくう》に投げ出される。

「オタク……！」

ステラが俺に手を伸ばす。

そうだ、彼女はもう魔法を使わないから、飛ぶこともできないのだ。

俺はステラに手を伸ばし――ぐにゃりと視界が歪《ゆが》んだ。

おかしい。身体《からだ》が言うことを聞かない。どうしたんだ。なんでこんなときに俺は動けなくなるんだ！

（ステラ……！）

叫ぶこともままならない。俺はそのまま意識を失い、闇に包まれた。

エピローグ

冷静になって考えれば、俺があのとき動けなくなったのは当然だった。

俺が人間でいられるのは、神座にいるときだけだ。神座を破壊して外に出たのだから、俺は杖《つえ》に戻っていたんだろう。意識が一瞬飛ぶところまで同じだった。

神座から脱出して空中に放り出された杖《つえ》の俺とステラは満月《みつき》にキャッチされ、無事に地上に降り立ったらしい。

だが、その後もまた大変だった。

なんと満月《みつき》が魔女認定され、国軍に捕まってしまったのだ。

アントーサの広場で行われた処刑のとき、満月《みつき》はステラに敗《ま》けた。

女神教の連中に言わせると、満月《みつき》が本当に聖なる力を持つ救世女なら、ステラに敗れるはずがないのだ。

つまり満月《みつき》は、魔法を「聖なる力」と思い込ませ、救世女を騙《かた》った魔女となる。そして、魔女ミツキの正体を暴いたステラこそが本物の救世女だと認められた。何だそれ、と俺は思ったが、大司教たちがそう決めたらしい。

首都の大教会にて。

煌《きら》びやかな装飾が施された豪奢《ごうしゃ》な一室で、ステラは落ち着かなく座っていた。VIP待遇に慣れていないのだ。俺を抱える手は緊張で汗ばんでいる。

コンコン、と部屋のドアがノックされ、ステラの背筋が伸びた。

ドアが開き、大司教がにこやかな顔を覗《のぞ》かせる。

「準備ができました、救世女様」

ステラは無言で立ち上がった。

大司教の後に続いて廊下を歩き、地下室に入る。

「こちらです」

地下は牢《ろう》になっていた。

大司教が示した独房には魔女とされた満月《みつき》が入っている。

満月《みつき》は手枷《てかせ》と口枷《くちかせ》を付けられ、レンガの床に座り込んでいた。俺たちを見て、彼女は小さく肩を竦《すく》める。

「救世女様、私は席を外しますが、教会の中には兵士たちが詰めています。ゆめゆめ妙な考えは起こされませんよう」

「わかってるわよ」

ステラの言葉に頷《うなず》き、大司教は去っていく。

大司教が牢《ろう》の外に出た音がしてから、ステラは言った。

「オタク、口枷《くちかせ》の鍵を作って。《土よ、在れ《テラリア・ザイン》》！」

「任せろ」

小さいものならクソザコの俺でも作れる。

ステラの手に鍵が現れ、満月《みつき》の口枷《くちかせ》を外すのに成功した。

「あーシンドっ！　マジでこんな中世の牢獄《ろうごく》みたいなのあるんだ。びっくりなんだけど」

口枷《くちかせ》が外れるなり、満月《みつき》は憤然と喋《しゃべ》り始める。

「よかった、元気そうだな」

「そりゃ、まだ牢《ろう》に入って一日目だからね。これが一週間続いたら具合悪くなってるけど」

俺は満月《みつき》とステラを見比べて言った。

「とりあえず、お疲れ」

「何それ」と満月《みつき》は笑う。

「何って、女神討伐を一緒にしただろ」

「あれで討伐できたの？」

「いや、神座を破壊しただけで女神は死んでないだろ。底なしの魔法が使えるわけだし」

「収穫はあったわ。とても大きな収穫が」

ステラは思い詰めた声で言う。

女神の正体、聖法《せいほう》の成り立ち、魔法の真実……。どれもこれもステラにとっては信じがたい話だったに違いない。

「ねえ、それよりわたし、死刑になるの？」

満月《みつき》は不安そうにステラを見た。

「魔女だから死刑は確実だと思うわ」

「ちょっと、どうにかしなさいよ！　救世女でしょ！」

ガタっ、と立ち上がり、満月《みつき》はステラを睨《にら》む。

俺は思わずツッコんだ。

「おまえ、ステラの死刑には同意してただろ……」

「それは考えがあってやったって言ったでしょ⁉　じゃあ、あんたたちには考えがあるの？」

「その前に満月《みつき》。おまえがどうやってこの世界に来たのか、正直に教えてくれないか？」

最初に訊《き》いたとき、満月《みつき》は「気が付いたら異世界にいた」と言った。

だが女神は、満月《みつき》が望んでこの世界にやって来たと言っている。

「え、と……」

満月《みつき》は気まずそうに目を逸《そ》らす。

「それ、言う必要ある……？」

「ある。おまえの死刑を回避するのにベストな方法が、これで見つかるかもしれない」

うう、と満月《みつき》は呻《うめ》いた。

しばし逡巡《しゅんじゅん》した後、彼女は完全に背中を向けて言う。

「……キモオタの病室にいたら、あの女神が現れたのよ。願いを叶《かな》えるとか言って小さな紙を渡されて……言われた通りにしたら女神がわたしの額に触れたの。それで気付いたら異世界にいたってわけ。べ、別にキモオタの病室に寄ったのは宿題を届けに来ただけなんだから！　それ以上の意味はないんだからね！」

意識を失っている病人に宿題もないだろう。

神座に行ったときから、満月《みつき》はヤンデレではなく本来のツンデレに戻ったみたいだ。俺の顔を見てほっとしたのだろうか。十年以上ほぼ毎日顔をつき合わせていた奴《やつ》が突然いなくなったことで、精神的に不安定になっていたのかもしれない。

「やはり満月《みつき》は女神の力でこの世界に来てるな。……ステラ、やってくれ」

ステラは何か言いかけたが、やがて諦めたように唱えた。

「――《返せ》」

俺の胸がドクンと鳴る。痛いけど、全然耐えられる痛みだ。

ちょっと！　と満月《みつき》が大声を出した。

「それってキモオタの命を使ってるんでしょ!?　何やってるのよ！」

「いいんだ、満月《みつき》。俺がステラにお願いしてやってもらってるんだ」

ステラの掌《てのひら》から伸びた黒い鎖。

それは一直線に満月《みつき》の額を打った。

「あいたっ！」

満月《みつき》が額を押さえると同時に、何かがヒラヒラと落ちた。破れた短冊《たんざく》である。

「何これ……どういうこと？」

「女神はおまえに『神の力』を分け与えていた。女神の力の根源は短冊《たんざく》だ。その短冊《たんざく》はおまえに貼りついてたんだよ」

そして、この短冊《たんざく》こそが満月《みつき》を異世界に留《とど》めていたものでもある。

「うわわっ、身体《からだ》が消えかけてる……！」

キラキラと満月《みつき》の身体《からだ》が粒子になって散っていく。満月《みつき》はパニックになっていた。

「どうなんのよ、これ⁉　わたしどうなるの⁉」

「日本に帰るだけだ。ステラの魔法で女神との契約を打ち消したから、満月《みつき》は元の世界に戻れるんだよ」

ステラの鎖が俺を杖《つえ》に留《とど》めているように、女神の短冊《たんざく》が満月《みつき》を異世界に留《とど》めている。だから、女神が満月《みつき》に授けた短冊《たんざく》を無効化してしまえば、満月《みつき》は元の世界に帰れるはずなのだ。

「キモオタ、あんたは⁉」

切羽詰まった表情を満月《みつき》が向けてくる。

言葉は不十分でも、何を訊《き》かれたかはわかった。

「……俺はまだ、戻れないな」

満月《みつき》の顔が歪《ゆが》む。

「何それ……だったらわたし、何のために異世界に来たのよっ⁉」

「俺を助けるためじゃないんだろ？」

ツンデレ相手にズルい言い方を許してほしい。

満月《みつき》の目元が輝いている。粒子になっているせいだと俺は思い込んでおく。

「……バカ、バカバカキモオタっ、無事に帰って来なかったら許さない――！」

それが最後だった。

ふっと満月《みつき》の姿がかき消える。

地下牢《ろう》に陰気臭い静寂が訪れた。

(満月《みつき》は日本に帰ったか……。魔女認定されてしまった以上、この世界にこのままいるのは危険だったしな。寂しくなるけど、これでよかったんだ)

そんなことを取りとめもなく考えていたら、はあ、とステラが小さく息をついた。杖《つえ》を高く振り上げ、ゴン、と牢《ろう》の鉄格子《てつごうし》に叩《たた》きつける。

「いてっ！　……どうしたんだ、ステラ？」

銀髪の少女は拗《す》ねたように頬を膨らませている。

「何でもないわよ、節操なし」

ステラはスタスタと牢《ろう》の出口へ向かった。

牢《ろう》を出たすぐのところで大司教は控えていた。ステラを認めるなり、話しかけてくる。

「面会はこれでよろしかったですか、救世女様」

「ええ。ついでに処刑する手間も省いておいたわ」

「というと……？」

大司教が牢《ろう》を覗《のぞ》く。

満月《みつき》が消えているのを見て、大司教は眉をぴくりと跳ね上げた。

「救世女様、これはどういうことでしょう？」

落ち着き払った声音に、咎《とが》める雰囲気は感じられない。

「見たままよ。魔女ミツキはわたしが世界から消した。もう現れることはないわ」

大司教が黙考する。

「……その言葉、信じてよろしいですか？　魔女が死んだと発表した後で、再び現れては問題があるのです」

「死んだことにして結構よ。魔女ミツキはもういない」

「承りました」

満月《みつき》の消失がもっと大問題になる可能性を考えていたが、俺の杞憂《きゆう》だったようだ。

「ねえ、これで本当にわたしはアントーサに帰っていいの？」

「はい。魔女は死に、裁判を開く必要はなくなりました。救世女様のお役目はありません」

「聖法《せいほう》競技会では女神様が現れて、わたしを名指しで魔女と言ってたんだけど、あれはどう説明するつもり？」

「あの女神様の幻像は偽物《にせもの》です」

大司教は慈愛の微笑を湛えて言った。

「あれは魔女ミツキが救世女様を陥《おとし》れるために作った偽りの幻像。人々は魔女に騙《だま》され、危うく救世女様を手にかけるところだったのです。その証拠に、女神様は救世女様を神座に招き、魔女には死をお与えになりました」

「……そういうシナリオになるのね」

大司教は微笑《ほほえ》んだままだ。

「ミツキがわたしに負けたから魔女っていう理屈はわかったけど、わたしを救世女に仕立てる必要はあったの？」

「女神様が神座から生きて地上に返した貴女《あなた》様を、どうして我々が裁けるでしょう？」

……ステラたちが女神と喧嘩《けんか》して天の神座を破壊したと、大司教たちは知らないらしい。女神教だからといって普段から女神と通じているわけではないんだろう。神座は地上からは見えないし、人々は神座の状況を知る術《すべ》を持たない。

「それを言うならミツキだって同じ条件だったはずだけど……」

「救世主や救世女が複数、世界に降臨された前例はありません。そして、今は万魔時代ではありません。魔女が何人も現れては、人々は不安を覚え、女神様への信仰も揺らぎます。平和な世界を保つために、魔女は本来存在してはならないのです」

つまり、生き残ったステラには救世女でいてもらわないと困る、というわけだ。

ステラはふい、と不機嫌そうに目を逸《そ》らした。

「いいわ。じゃあ、わたしはこれで」

「救世女様」

大司教の声がステラの背中にかかる。

「何？」

「アントーサ聖女学園に戻られても、『聖なる力』の取り扱いには十分ご留意ください」

聖なる力――魔法のことだ。

大司教はステラを真摯に見つめる。

「『聖なる力』とは、女神様が行使する最終手段の御力です。それはみだりに使っていいものではなく――」

「――言われなくても、もう二度と使わないわ」

断言して、ステラは大教会を後にする。

大司教はもう何も言ってはこなかった。

＊＊＊

俺たちは大教会を出てアントーサまでひとっ飛び……とはならなかった。

ステラの聖法《せいほう》がまともに使えないのは相変わらずで、風の聖法《せいほう》で飛ぶこともできないのだ。

ちょうどアントーサに食材を卸している商人を見つけて、ステラは馬車の荷台に乗せてもらえることになった。

「風の精霊よ、女神の名において翼を与えたまえ。《風よ、在れ《ウエナリア・ザイン》》！　……くっ、全然風が出てこないわ。……《風よ、在れ《ウエナリア・ザイン》》、《風よ、在れ《ウエナリア・ザイン》》……！」

ガタガタと木箱と一緒に馬車に揺られながら、ステラは詠唱を繰り返している。

アントーサに戻る以上、聖法《せいほう》はきちんと使えたほうがいい。そう思ってステラは練習しているのだが、風はほとんど出てこない。そよ風が吹いてはいるが、ステラの聖法《せいほう》で作られたのか、麗《うら》らかな気候のため元から吹いているのか、判別不能だ。

ステラの詠唱を聞いていた商人のおじさんが、馬車を繰りながら豪快に笑う。

「嬢ちゃん、そのへっぽこな聖法《せいほう》でアントーサに行って大丈夫か？」

「だ、大丈夫よ！　これでもわたしは聖法《せいほう》競技会で学年の代表にもなったんだから。余計なお世話よっ」

「ほーう。俺にはよくわからないが、そんなへっぽこでも代表になれるんだなあ」

「へっぽこへっぽこ、うるさいわよっ！」

おじさんの軽口に、ステラは頬を膨らませている。

俺も正直、アントーサでのステラの先行きが不安だ。商人のおじさんに聞こえないよう、こっそり囁《ささや》く。

「ステラ、本当にアントーサに戻るのか？　ステラはどんだけ練習しても、聖法《せいほう》が上手《うま》くならないかもしれないんだぞ」

「わかってるわよ、わたしに聖法《せいほう》の適性がないことくらい。でも、わたしはアントーサに戻るわ。アントーサでやるべきことがあるもの」

「やるべきことって、〈女神の杖《オプティ・バクルス》〉に入ることか？」

「……その夢はもう、なくなったわ」

ガタガタと馬車は音を立てている。ステラは野菜の入った木箱にもたれた。

「ハミュエル様に言われたの。魔女は〈女神の杖《オプティ・バクルス》〉には入れないって」

「今のステラは救世女だぞ？」

「魔女よ。あんただってわかってるでしょ」

ステラの目が長く続いている馬車の轍《わだち》を映す。

「……すべての魔獣を倒して世界を平和にする夢はいいのか？」

「そうね。世界より大事なものがあるって気付いちゃったもの」

ドキリとした。

風になびく銀髪を押さえ、ステラは優しく俺を見下ろす。

今は杖《つえ》でよかったと思った。人間だったら確実に赤面してひどいことになっている。

「……それで、やることって？」

「あんたの鎖を解く方法を探さないと」

決意に満ちた声でステラは言った。

「わたし自身、わたしの魔法のことをよくわかっていない。魔法のことを勉強するなら、聖女学園しかないわ。聖法《せいほう》だって元は魔法だったわけだし」

信仰していた女神と決裂したショックからステラは立ち直れないんじゃないか、と思っていたが、彼女はちゃんと次の目標を見つけていた。

ステラは強い子だ。さすが俺の推しである。

「そうか。まあ、俺はステラに鎖に繋《つな》がれるんだったら大歓迎だから、焦《あせ》らなくていいぞ」

「変態っ！　このド変態っ！」

ステラは真っ赤になって、俺を馬車にバシバシ叩《たた》きつけてくる。

至福のひとときを味わいながら、俺は清々《すがすが》しい青空を見上げた。

天の神座が壊れた後、女神がどうなったのか俺は知らない。モニターはたぶん全焼しているから、地上を監視するツールがなくなって慌てて復旧しているのかもしれない。百年くらい復旧作業に専念してくれると助かる。

「おい、嬢ちゃん。アントーサが見えてきたぞ」

おじさんがステラに声をかけた。

ステラが荷台の上に立つ。

田舎道の先に、青々と広がる森と巨大な洋館の群れが見えてきた。見慣れたアントーサ聖女学園である。

陽射《ひざ》しを浴びて輝く校舎をステラは見つめ、「あっ」と声を上げた。

「ねえ、あれ、フィーナとアンリじゃない⁉」

校舎の屋根に見知った二人組がいる。ステラの罪がなくなったことで、二人も罪人ではなくなったのだ。

「フィーナー！　アンリー！」

ステラの明るい声が風に乗っていく。

二人はこっちに気付いたのか、手を振り返してきた。

俺はステラの眩《まぶ》しい笑顔を見上げ、日常に戻ってきたのを実感したのだった。

あとがき

二巻の衝撃的な終わり方から、なんとか四か月で三巻をお届けできました。お待たせしました（笑）

さて、これにてオタクたちの物語は一区切りとなります。

まずはここまで応援してくれた皆さん、ありがとうございます。X（旧 Twitter）で感想を見かける度に嬉《うれ》しく、励まされました。今後も感想は大歓迎ですので、ポストしていただければこっそりいいねしに行きます。

本音を言えば、主人公がちゃんと日本に帰るところまで書きたかったですが、こればかりは作者の一存では決められないので……どうしても書きたかった幼馴染《おさななじみ》を出せただけよしとしましょう。

一巻からがっつり伏線を張っていた幼馴染《おさななじみ》をやっと出すことができました！　実は担当さんに提出していたプロットに幼馴染《おさななじみ》は出てこなかったのですが、彼女を出さずにこのシリーズは終われない、ということで、プロットは忘れてもらいました。

ということで、今巻に一切の出し惜しみはありません！　幼馴染《おさななじみ》もそうですし、聖法《せいほう》と魔法の謎、ステラのコスプレもです。シリーズ全巻を通して、ツンデレ銀髪美少女に最も似合うコスプレは何か、模索してきたのですが、いかがでしたでしょうか？　このシリーズはあくまでツンデレ少女を愛《め》でるための作品ですので、ステラの可愛《かわい》らしい恰好《かっこう》に心を動かされてくれたら作者冥利《みょうり》に尽きます。

恒例の謝辞に入らせていただきます。

担当編集の黒川さん、村上さん。いつも的確な指摘で、作品が数段レベルアップするのでありがたいです！　あと、作者が私事でバタバタしている中、臨機応変に対応していただき助かっています。今後ともよろしくお願いいたします。

イラストレーターの米白粕先生。毎度毎度いくつものコスプレを描いていただき、本当にありがとうございました……！　コスプレをいくら文章で描写したところで、伝えられる魅力は限られていますからね。米白粕先生の美麗なイラストがあってこそ、このシリーズは成り立ちました。

そして最後に、この本を手に取ってくださった方に最大級の感謝を。また別の物語でもお会いできたら幸いです。

ミサキナギ

本書に対するご意見、ご感想をお寄せください。

ファンレターあて先
〒 102-8177　東京都千代田区富士見 2-13-3
電撃文庫編集部
「ミサキナギ先生」係
「米白粕先生」係

読者アンケートにご協力ください!!

アンケートにご回答いただいた方の中から毎月抽選で10名様に「図書カードネットギフト1000円分」をプレゼント!!

二次元コードまたはURLよりアクセスし、
本書専用のパスワードを入力してご回答ください。

https://kdq.jp/dbn/　パスワード　**tkj6h**

- ●当選者の発表は賞品の発送をもって代えさせていただきます。
- ●アンケートプレゼントにご応募いただける期間は、対象商品の初版発行日より12ヶ月間です。
- ●アンケートプレゼントは、都合により予告なく中止または内容が変更されることがあります。
- ●サイトにアクセスする際や、登録・メール送信時にかかる通信費はお客様のご負担になります。
- ●一部対応していない機種があります。
- ●中学生以下の方は、保護者の方の了承を得てから回答してください。

本書は書き下ろしです。

電撃文庫

ツンデレ魔女《まじょ》を殺《ころ》せ、と女神《めがみ》は言《い》った。3

ミサキナギ

2024年５月10日　初版発行

発行者　山下直久
発行　株式会社KADOKAWA
〒102-8177　東京都千代田区富士見2-13-3
0570-002-301（ナビダイヤル）
装丁者　荻窪裕司（META＋MANIERA）
印刷　株式会社暁印刷
製本　株式会社暁印刷

ISBN978-4-04-915150-3　C0193　Printed in Japan

電撃文庫　https://dengekibunko.jp/

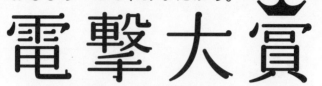